天雪文化 **抹香鲸**

我在等风 也等你

何小然 著

天津出版传媒集团
天津人民出版社

图书在版编目（CIP）数据

我在等风也等你 / 何小然著. --天津：天津人民出版社，2019.6（2019.11重印）
（抹香鲸）
ISBN 978-7-201-14652-2

Ⅰ. ①我… Ⅱ. ①何… Ⅲ. ①随笔－作品集－中国－当代 Ⅳ. ①I267.1

中国版本图书馆CIP数据核字(2019)第059482号

我在等风也等你

WO ZAI DENGFENG YE DENGNI

何小然　著

出　　版　天津人民出版社
出 版 人　刘　庆
地　　址　天津市和平区西康路 35 号康岳大厦
邮　　编　300051
邮购电话　（022）23332469
网　　址　http：//www.tjrmcbs.com
电子信箱　reader@tjrmcbs.com

责任编辑　谢仁林
特约编辑　师　擎　朱亚彤
封面设计　山川制本workshop @ Cincel Lin

制版印刷　河北华商印刷有限公司
经　　销　新华书店
开　　本　880毫米 × 1230毫米　1/32
印　　张　8
字　　数　160千字
版次印次　2019 年 6 月第 1 版　2019 年 11 月第 2 次印刷
定　　价　35.00元

自序
愿你拥抱远方无限可能

对我个人来说，写自序的这一刻蛮不可思议的。十八岁时的梦想，二十八岁终于实现——我出版了人生第一本书籍，虽然横跨了十年之久，但总归如愿以偿，毕竟这些年也做了自己想做的事，以及喜欢做的事。

我又要忍不住感慨，做个有梦想的人真幸福，幸好我一直心存梦想并且坚持下来。

我还要告诉你们一件事，因为梦想，我觉得自己依然年轻，超级年轻。尽管我的实际年龄即刻奔三，但心理上，我好像永远十八，这种奇妙的感觉总是令我感动。

而且你知道吗，每次我听见别人聊梦想，内心就会发出“哇哦，好酷”的声音。在某档电视节目里，一位嘉宾说了这样一句话，他说：“我不相信现实，只信梦想。”当时我就沸腾了，血液都在翻滚。

毕竟没有梦想的人生实在太无趣，一点也不好玩，连沸腾的机会都没有。

所以朋友们，如果有梦想，一定不要轻易放弃，无论曾经经历什么，都别再眷恋，因为远方有无限的可能在等着你。

去追逐自己的梦想吧，别让将来的你，为曾经的自己感到后悔，那真是件可悲的事，我不希望这种事发生在你身上。

这本书主要以情感为主，聊生活、聊爱情、聊我们女生在成长过程中应该有的一些态度。

如果你正为人生前进的方向感到迷茫，对爱情充满困惑，甚至搞不懂自己在想什么，想要什么，那就请你捧起这本书，但愿我的书能有这份荣幸，成为你的睡前读物。

我写作的文风时而温婉、时而犀利、时而矫情、时而霸气侧漏。请不要介意，我的这些文字，都是在我不同的心境下写的，大家就当是坐了一趟文字过山车，起起伏伏才觉刺激。

我想你会和我一样，喜欢这些文字，也许看了会笑，也许看了会哭，无论怎样，都希望我的文字能带给你些微心灵的慰藉，那我也就心满意足。

愿你在书中找到自我，从而拥抱充满无限可能的美好远方。

我在等风也等你

CONTENTS

第一章
总要狠狠爱过一次，才不算白活

谁都想牵一只手，爱一个人，直至生命尽头。人生那么长，一定会有那么一个人紧紧地牵动着你的心，而你也牵动着他的心。一生中你总要狠狠爱过一次，才不算白活。

第二章
他是你的生活背景，而你是他的甲乙丙丁

他不喜欢你，无论你怎样挣扎，都是无用。他是你的生活背景，而你是他的甲乙丙丁。我们谁都会受伤，也会在爱里成熟。喜欢的去追，得到的珍惜，过去的遗忘，才是最幸福的状态。

第三章
允许有人错过你，才能赶上最好的相遇

曾与人牵手，但没有走到最后，就像两个本以为长久同行的人，有一个中途下了车。看似遗憾，但人海茫茫，允许有人错过你，才能赶上最好的相遇。

第四章
最好的爱情是，一个有趣的人陪你一起“浪费人生”

原来合适的人，不是你拼命去追赶的人，而是在你累的时候，有人牵起你的手，陪你一起走过去的人。最好的爱情是，一个有趣的人陪你一起浪费人生。

第一章

总要狠狠爱过一次，才不算白活

谁都想牵一只手，爱一个人，直至生命尽头。人生那么长，一定会有那么一个人紧紧地牵动着你的心，而你也牵动着他的心。一生中你总要狠狠爱过一次，才不算白活。

一个男人真正动了情是什么样子

01

刷微博的时候，看到一段话：“一个男人真正动了情后，他会为你红了眼眶，会为你想到很长久的未来，会为了你们的未来而奋斗，他永远都想把最好的留给你。”

我深感赞同，把这段话给以前关系很好的一个男孩子看，他看完点了点头，随后才笑着说道：“一个男人如果真正动了情，其实你从细节上就能看出很多的。”

听完这句话，我思量了许久，原来从细节上真的能看出一个人究竟爱不爱你。如果一个男人真的爱你，他会在你难受的时候，跑到你身边照顾你，告诉你他一直都在。他也会在你生理期的时候，不找太多的借口，直接出现在你的身边，只是因为那个不舒服的姑娘是你。

曾听同伴说：“在很多时候，忙碌只是一种借口，真正爱你的人，不可能没有那么点儿空余时间的。”

听完这话，我突然想起那个上完晚课后没有回宿舍，在教室里无声流眼泪的男孩子。

02

那天我回到宿舍后，才发觉东西都落在教室里，我赶忙回去拿，就在那个漆黑的班级里，我看到了那个站在窗户边默默流眼泪的男孩子。

那夜，看着他那无助的模样，我竟也破天荒地哭了三次。

后来我故意用言语激他："哭什么？男孩子哭了可是很丢人的。"

他似乎没听到，又好像根本就不在意。在有些黑暗的教室里，我不知所措。过了一会儿，我把身上仅有的几张纸巾全部给他，可不一会儿那些纸巾就被他的眼泪打湿。

他顿了很久，又流了很多眼泪，才慢吞吞地说道："原来两个人在一起，爱得深的那一个才最卑微，我知道爱而不得的人有很多，可为什么我也是其中之一。"

我在一旁听得心痛，可又不知怎么安慰他。直到后来，我才知道他经历了什么。和他谈了两年恋爱的姑娘，就因为她的前男友在她生日那天回来告诉她，他还爱着她。随后她便丢下了那个哭得一塌糊涂、死活都要挽留她的男孩子，和前男友走了。

那天她告诉他，她真的放不下她前任，和他在一起的那段时间真的很开心，但那不是爱情，她喜欢的还是她前任。

他说："我一直怕她烦我，所以我一直小心翼翼地经营着这份感情。离远了怕生，离近了怕她烦我。向来话痨的我，总是不知道该怎么去找她聊天。这下好了，她走了，我就什么都不用怕了。”

他说着说着又开始哭，看起来像是要把所有的眼泪都流出来。我看着他那伤心欲绝的模样，突然觉得很心疼。

也直到那时，我才幡然醒悟：原来当一个男人真正动了情，他是控制不住眼泪的。他会为了一个女孩子变得无比卑微，原来男人有时候也很脆弱。

03

很久以前，我遇到过一个特别“浪”的男孩子。“浪”到什么程度呢？他并不是见谁爱谁的那种渣男般的“浪”，其实也只是平时不消停的那种。

他抽烟、喝酒、文身、打游戏、泡网吧、去酒吧、打台球……青春期的叛逆行为，他挨个尝试了一遍。我那时觉得，这小伙子这样下去，迟早会毁了自己。

可后来有一天，他趴在桌子上怎么也不动弹，其他男孩子叫他去抽烟，他也只是摆摆手，看着他强忍着憋屈的样子，我忍不住问了他。

他说：“洗了文身，疼，不想动。她闻不来烟味，所以我要戒烟了。”他说那话时挺自然的，没有一丝被强迫的成分。

原来他真的谈了恋爱，只不过那姑娘是外院出了名的乖乖女。他后来就像是变了个人，我们真的没再见他抽过烟。每次见他，他都是跟在那小姑娘的屁股后面，屁颠屁颠的，成天乐得不行，倒让他的那帮兄弟羡慕极了。

他有时会来问我们："女孩子究竟喜欢什么？喜欢吃什么？喜欢玩什么？"他甚至给很多姑娘买很多好吃的，就为了得到一个答案。

我们问他："不'浪'了？"

他说："不浪了，我现在才明白，原来女孩真的都是天后。每天陪她都来不及呢，哪还有时间'浪'呢？"我们听得出，他很认真。

直到那时，我才慢慢相信，原来男孩子喜欢上一个人，变化是很大很大的。

他会为了喜欢的你放弃他原本喜欢的一切，更不会因为游戏而去冷落那个无比珍惜的你，他会为你做很多很多，哪怕把自己丢了，他也愿意的。

只因为那个人是你，也只能是你。

04

一个男人真正动了情，究竟是什么样子呢？或许就是他会在你无助的时候，跟你讲温暖的话。你开心的时候，他才会开心。他会让你觉得你说话他都爱听，他也会在你面前像个孩子，永远也长不大。

所以有人说："相同年龄的男男女女，男的总是不够成熟的。"

其实两个人在一起，并不需要太成熟。共同成长很重要，最好的爱情莫过于两个人一起进步。最美的爱情，却是两个人都像傻子，做着属于两个人的傻事，也能乐呵呵地笑出声。

你不在他的身边，他会担心你。他会在你耳边说着他从没说出口的情话，看着你面红耳赤，他也跟着面红耳赤。

其实我真的希望大家都能学会好好对待别人，也能明白两个人在一起的意义。两个人在一起，其实是两个人的努力，而不是一个人的委曲求全。

不管是最好的爱情，还是最美的爱情，陪伴你的，都是那个你爱的、对你最深情的人。你说呢？

女生喜欢情商高的男人是有原因的

01

你们见过这种人吗？

一群朋友聚会，他带着女朋友来，结果全程都在朋友面前数落女朋友，说她出门 5 分钟，化妆一上午，说她粉厚得就像墙壁灰，假睫毛像苍蝇腿，说她这不好，那不行，没有一点叫人满意。

旁边的人听了都尴尬，他自己还扬扬得意，觉得自己倍儿有面子。

要是女朋友被说哭了，他还说："至于吗，不就说了你几句吗？又开始作了……"

这要是我男朋友，分分钟把菜盆往他头上扣。

我谈恋爱，找男朋友有两个原则：

第一，要能够欣赏我；

第二，觉得我哪儿都好，真有不好的地方，也关上门回家叨叨我几句。在外人面前，绝对不说我不好，实力护妻。

两人在一起，你要是连我的好都发觉不了，那这恋爱就别谈了，太没劲！

02

有一次，我和一些新朋友喝茶、玩游戏。

其中有一对新婚不久的“90后”夫妻，那个女生刚要拿苹果吃，男生就不耐烦地说：“够胖了，还吃呢？”女生立即把手收回去。

大家都说：“吃吧吃吧。你这是干什么，老婆要吃个苹果都不让。”

男生嫌弃地看了一眼女生，说道：“你们不知道，她除了吃，什么也不会，结婚后我才发现被她坑了。”他说得太认真，气氛真的很尴尬。

大家都心想：快别说了，出来玩呢，怎么变成数落老婆了？

结果男生滔滔不绝，说女生结婚后，回到家洗完澡就往床上躺，什么也不干，饭也不会做，两人还得叫外卖。他吧啦吧啦说了一堆，全是控诉女生的话。

女生的情绪已经不太好了，脸色也很难看。这时候有人出来打圆场扯开话题，这才缓和了尴尬的气氛。

聚会散了之后，其中一位朋友在微信上找我聊天。

她说：“今天真是够尴尬的，以后出来玩，别再喊那个喜欢数落老婆的男生了。”

当时我就想，是啊，男生在数落老婆的时候，他自己兴致盎然，觉得自己很有道理，但其实周围的人只会觉得他没有风度，不爱护自己的女人。

我和朋友交流了下，一致认为，这种男人配不上任何女人。

他连最基本的，在朋友面前维护爱人的意识都没有。

哪怕自己的老婆再不好，不也是自己找的吗？更何况，在众人面前把老婆的缺点一一说出来，你的脸上就有光了吗？

这种做法，既没素质，又显得情商极低。

相反，那些喜欢在朋友面前夸奖自己老婆的男生，往往更受人尊重。

03

《幸福三重奏》节目请了三对明星夫妇做嘉宾，我都挺喜欢的。

就说江宏杰和福原爱这对夫妇，江宏杰不止一次在大家面前表达娶到福原爱是他最幸福的事。

三对夫妇一起吃晚餐时，聊到江宏杰和福原爱第一次讲话。他说当时就觉得这个女生和自己想象中的不一样，原以为她很冷、很凶，但那次感觉不是，觉得她还挺可爱。

坐在身旁的福原爱特别害羞，江宏杰讲得很开心，而另外两对明星夫妇也露着笑容，晚餐气氛特别好。

试想，如果江宏杰在晚餐时不断吐槽福原爱，大家还能开心用餐吗？

喜欢一个人，是不会舍得以在朋友面前数落老婆的方式，去抬高自己的家庭地位的。

真正懂得爱的人，是很谦虚的。他不会觉得凌驾于自己老婆之上，就拥有了作为男人的威风，反而会很看不起有这种行为的男生。

男生就应该学会欣赏自己的女生，而不是贬低她。

就像汪小菲，《幸福三重奏》播出没多久，大S就频频上微博热搜。好多人骂她作、娇气，还动不动就问汪小菲一些送命题，像“你有没有很后悔娶到我啊”之类的。

当大S被骂的时候，汪小菲第一时间在微博上站出来发言，实力护妻有没有？

从汪小菲的话里就能看出，他很会疼老婆。

而汪小菲微博下面的评论也是一片叫好，很多网友都觉得汪小菲护妻的样子，非常男人！

评论里热度最高的一条是江宏杰的留言，他说：必须要保护我们自己最爱的人。

作为旁人，看见这样的话，你是什么感觉？

之后，你再回想文章开头那个故事里的男生，在朋友面前全程数落老婆，看见那样的男生，你又是什么感觉？

其实，那些以数落女朋友或老婆来获得自己男性尊严的人，才是最没素质和教养的。

而懂得保护、欣赏爱人的男生，才是真正靠谱和高情商的人。

让自己快速脱单的秘诀

01

在谈论怎样的女生最难脱单之前，我们先试想下，怎样的女生最易脱单？你的脑海里，是不是立刻浮现出某类女生的样子？她们的颜值很高，哪怕只穿最普通的T恤，也能在人群里被一眼认出来。偏偏她们还很会打扮，能够不断为自己的颜值加分。

她们总是有很好的个性，特别讨男生喜欢。可能你会说：“长得好看的女生，不需要好的个性也足够让男生前赴后继。”

没错，如果只想脱单，最快速有效的办法就是提升自己的颜值。但如果想恋情长久，好的个性就是超级加分项。

所以最难脱单的女生都有哪两个特点？颜值平平，还不懂打扮；性格不好，还没什么个性。

脱单不是难事，难的是你能不能找到自身缺点，而且下定决心去做出改变。

02

那么小然我呢，先跟大家说说如何提升颜值。

有同学问我：“小然学姐，我本身颜值就不高，再怎么提升也没用吧？”

有这种想法的女生，应该不止她一个。我跟你们说，提升颜值不是去和别人比较有没有比别人美，有没有比别人更有气质。提升颜值，是在本身的基础上进行提升，如果进步了，那就是提升。

记住，不要和别人比美，更不要被别人的美震慑，相信自己，你有你的美，善于利用自身的优势，改造自己，你也可以很美。

那么我们先从穿衣开始，丢掉那些看起来品质很烂的衣服。衣服的好坏不是由价格衡量的，如果你的钱多，买品牌的服饰带来的感觉会不一样；如果你的钱少，也不是说便宜的衣服都很差，只是需要你多花心思去挑选。

我们穿在身上的衣服，先不论款式，最重要的是让人在和你近距离接触的时候，不会在内心产生嫌弃的感觉，所以衣服的质感要看起来是好的。所以，出门前熨烫衣服也是很重要的，同样品质的一件衣服，一件皱巴巴，一件熨得笔挺，穿在身上给人的感觉也不同。人们一定会对衣服笔挺的女生更有好感。

说完品质，我再说说衣服的款式。你们发现没？很多女生穿衣服是没风格的，没风格就没特色，整个人就不亮眼，不易被记住。那些好看的女生，她们能够在打扮上为自己的颜值加分，原因之一就是她们擅长找到适合自己的穿衣风格。

首先，你问自己，你喜欢什么风格的衣服？淑女风、潮酷风、爵士风、御姐型，还是普通学生装？然后，你问问自己，你喜欢的风格适合你吗？衣服光你喜欢不行，还得适合你，找到适合自己的穿衣风格才最重要。找到自己的穿衣风格之后，你往后买衣服，心中就有数了。你就不会再随便乱买不适合自己的衣服，自然也不会穿不出个性。

如果你的个人特色不鲜明，怎么让别人记住你，怎么让异性注意到你？

亿万多人，你虽不用成为最明亮的星，让全世界的人发现你，但在小范围内闪光，还需要你自己去努力。

因为脱单这样的事，至少得你亮了，才会有人对你感兴趣，别人才会觉得：哇，这位就是我想要的女孩。

03

我一直觉得，性格是决定我们恋情能否长久的一个重要因素。

只要找到性格相合的人，你们之间的恋情就能长久。但如果你本身性格就不好，那么不管你换多少男友，都注定难逃分手的结局。

那么什么样的性格是好的呢？我这边说的好性格，不是单纯地指一个人心地善良、很好相处、脾气很好，这些是基本的。

我说的性格好，包括很重要的一点是，你得有你自己的个性，并且你的个性可以让异性看重你，而不是看轻你。

之前一位女性读者找我倾诉，说她经常觉得她男朋友和她在一起，好像做梦一样，她觉得自己很差劲，长得不好看，工作也很一般，男朋友怎么可能喜欢她。

她经常问男朋友："你到底喜欢我什么？"

男朋友说："你好啊，喜欢你没有为什么啊。"

她还是不信，经常自我怀疑，觉得自己哪里好了，她会在男朋友面前举一反三说出很多自己不好的地方，等着男朋友反驳。

开始她男朋友还能接受这样的她，时间久了，对于这种频繁的解释，她男朋友开始感到疲惫，于是选择用沉默面对她的怀疑。男朋友一沉默，女生更加觉得他们之间的感情完了，因为他都已经不再解释为什么喜欢她了。

她每天都很丧，心里想着果然男朋友没有很喜欢她，她觉得印证了自己先前的想法，最后和他分手了。她谈过三次恋爱，几乎每一次都是这样，认为自己配不上男朋友，搞不懂对方为什么喜欢她。

恋爱过程中，你不能认为自己差，配不上男朋友的喜欢。你不能认为自己高攀了别人，如果你连自己都看轻自己，觉得自己这儿不好、那儿不好，别人凭什么要对你好，凭什么继续照顾你的玻璃心，去安抚你，去爱你？

当然，如果你是因为家里有事或者其他原因感到悲伤，需要人安慰，男朋友安慰你是合情合理的。如果什么事也没有，只是因为不自信，觉得自己不配男朋友的喜欢，成天绕着这个问题出不来，那你是在搞事情。

这是一个快节奏的社会，每个人的工作都很辛苦，大家只想在恋爱的时候，可以忘记那些疲惫，找到那个对的人，好好相爱，不去伤春悲秋，不去相互怀疑。

谈恋爱，你需要有一份好性格，你要自信，相信自己配得起任何人的爱，那么你就值得被人爱。

最后，送大家一句话：机会永远是给有准备的人的，爱情也是。在爱情到来前，先把自己从外到内打扮好了，那么当爱情来敲门时，你就能沉稳地站在门口，自信地将他拉进门。

女孩子应该怎么谈恋爱

01

现在很多女生都不知道该怎么谈恋爱了，要求太少，男朋友觉得你没个性、好打发，不把你放在心上；要求多了，男朋友又觉得摸不清你的脾气、觉得你很势利。

一个关注我很久的女生问过我一连串的问题。

这个姑娘和男朋友在一起的时候，她考虑到男朋友家庭条件不是很好，她每次约会的时候从不要求男朋友请客，都是AA制，想着自己能帮男朋友分担的就帮他分担。

以至于男朋友太习惯她的善解人意，觉得这些都是她应该做的。她送男朋友耐克、乔丹品牌的篮球鞋，男朋友也觉得理所应当："因为你家庭条件比我好嘛。"

可是过节或者纪念日的时候，女生也会希望收到礼物，不是说要男朋友送多么贵重的礼物，她要的只是男朋友的一份心意。这份心意可以让她感觉到他的在乎。

如果她真的是想男朋友花大价钱去买礼物送她，也不可能每次约会吃饭都为男朋友着想而主动提出AA制了。这个姑娘根本不是那种纯粹为了要礼物而要一份礼物的人，偏偏男朋友不懂她的心。

02

还有一次，是他们在一起的一周年纪念日，那天女生等了男朋友一天的电话，都没等到。晚上的时候，她主动打给男朋友，男朋友在电话里云淡风轻地说了一句忘了，女生有点失落，就埋怨了几句，没想到男朋友态度蛮横地对女生说："你不就是想要礼物吗？"

他怎么可以这么想她呢？

每个女生都很在乎纪念日，是因为那个日子对于女生们来说非常重要，这一份甜蜜的心情需要两个人一起分享。如果只是女生一个人独享，那就不算是真的快乐了。感情是两个人的事，只有一起分享快乐，才意味着我们的感情会有更好的发展。

不浪漫的男生非常多。我可以理解男生因为怕麻烦不愿意过各种节日的心情，但是你们不能无视女生们对你们男生的付出，你们不能只是一味地索取，而不给女生们半点儿爱的感觉。

有时候女生要的只是爱的感觉，而不是那份礼物。

03

谈恋爱的时候，如果你碰到一个只懂得接受你的付出，甚至还觉得你的付出都是应该的，并且吝啬对你付出的人，那我建议你直接和他分手吧。这样的人，真的没必要再让你浪费时间和金钱爱下去。

因为一个好的男生，永远不会只让你付出。

就像那个姑娘问我的一样："是不是不能太惯着男朋友，不能单方面付出太多，以至于稍微想从男朋友那里得到点什么，男朋友就会觉得你过分了？"

是的，男生根本就不能惯，当你付出之后，第一次发现男朋友对你的付出无动于衷时，你就可以给自己打一剂预防针了。这个男生你还要不要爱下去，心里得有个数，才不至于越陷越深，最后人财两空，一颗心还被伤得七零八碎的。

04

谈恋爱的时候，我不建议女生一上来就给男朋友买这买那的，也不建议女生问男朋友索要各种礼物。两个人刚开始在一起的时候应该以不变应万变。

假如没有节日，你不用送他东西；有了节日，你想送可以送一份，但也不要问他要礼物，看他自己会不会准备。

如果他不会，你再去判断他是哪种人，是属于神经大条，需要女朋友给点提示的类型，还是小气的类型。

如果是前者，那么以后过节你只要稍微提醒一下就好，这样的男朋友是可以调教的。如果是后者，你找准时间分手就好。因为他自己小气，但收你礼物的时候一点也不手软，就说明他会在往后的恋爱中一味享受你的付出，不会给你太多对等的爱。

05

谈恋爱的时候，女生也不适合在各方面都太独立。

我们女生势必要在精神上独立、经济上独立，但在生活上，千万不能太独立，还是需要依赖男朋友的。

比如你要搬家，你一个人可能不能做好全部的事情，这个时候就是男朋友表现的时刻了。如果这个时候他都不帮忙，那他算什么男朋友啊？普通朋友都会来帮你，男朋友却不帮，像话吗？

一旦让男朋友养成生活中的事无论大小你都可以自己解决的看法，他就会觉得你很独立，根本不需要他，自然也不会对你有太多的担心。这种时候，其实很容易被那些连瓶盖都拧不开的女孩钻空子。

男生其实是喜欢有些柔软的女生的，不管你看起来多么像女汉子，在内心里，你要柔弱一点儿，让男生觉得你需要他的照顾，这样他会有一种成就感。

感情讲究的是平衡，双方无论谁付出得多，谁付出得少，一旦感情的天平失衡，那你们的感情就很危险。

但是大家要记住，一个爱你的男人，永远舍不得让你单方面地不断付出，他一定会在你付出的时候，及时给你回应，让你知道他也在爱着你。

你男朋友的心态，决定了你的爱情能有多甜

01

我在清迈玩的时候认识了一对情侣，女生瑞瑞跟我讲了一件事：有一次他们两个人在泰国机场安检的时候，瑞瑞发现她把男朋友的登机牌搞丢了。

说这件事情的时候，我们的聊天气氛应该是紧张的，瑞瑞却抱歉地笑了起来。

我原以为她男朋友会责怪她不仔细，可瑞瑞说：“没想到，男朋友也跟着笑了起来。”他一点也没有生气的意思。

我赶忙问：“后来怎么样，登机牌找到了吗？”

瑞瑞说后来他们两个人赶紧想办法补办登机牌，但是快到登机时间了，补办可能来不及，机场的工作人员直接手写了一张给他们，就算是登机牌了。

瑞瑞平时就是个丢三落四的人，丢手机是家常便饭的事。有一回她逛夜市买手机壳，到最后手机壳没挑好，手机却丢了。

男朋友说：“我女朋友真的是个人才了。”他在说女朋友是个人才的时候，眼神里全是宠溺。

听完后，我的嘴角都上扬了。

我想，每个女生都渴望遇到一个能包容自己所有坏毛病的男生吧？

02

其实从瑞瑞说的这件小事里，我不光看见了她男朋友对她的包容，我还看见了另一件事，不知道你们有没有看出来，我先举个反面例子。

有一次，我的另一个朋友小优和她男朋友出国旅游，人们不是都说结婚前一定要和男朋友一起旅行一次吗？因为在旅行的过程中会发现很多问题，尤其是遇到问题时，彼此会怎么解决，态度怎样的，可以证明两个人到底适不适合在一起。

他们的第一站是泰国的普吉岛，在泰国，中文是比较普遍的。小优和男朋友的英语都不怎么样，去这样的地方，自由行会更方便。

小优一早就做好了攻略，本来以为会是顺利的旅途，没想到两人刚到机场就遇到麻烦了，小优找不到取登机牌的地方了。

其实取登机牌是很简单的，到柜台凭身份证或者护照领取就可以，但小优看了显示屏，办理登机牌以及托运行李的窗口在晚上9点20分才开启。

那个时候距离9点20分还有一小时，小优说：“那就等到9点20分好了。”

她男朋友说：“那我们去自助机那边打印登机牌好了。”

机票什么的都是小优订的，自助打印登机牌需要填写订单编号，小优填了好几遍都打不出来登机牌。

男朋友有点急躁，说：“你会不会机票根本没订成功啊，这不是逗我玩呢吗？”

小优有点急了，她都收到订单信息了，怎么可能没预订成功，但登机牌就是无法打印。她被男朋友这么一说，也忍不住怀疑起来，变得很紧张，又重新翻了下订单信息，确认已经预订成功。小优又试了几次输入订单编号，还是不能成功打印登机牌。

男朋友在一旁抱怨起来：“你怎么弄的啊，我以为你都弄好了，结果连登机牌都打印不出来，那还玩什么，还搞什么自由行，以后不要出来了。这点事都办不好，到了那边可怎么办，那等下上飞机，你填写过境单就更不行了啊。”小优听完觉得好委屈。

这个时候，难道不应该想办法一起解决问题吗？责怪她有什么用？两个人都是第一次出国旅游，难道什么事情都要小优做准备，男朋友就什么都不需要做？遇到问题就都是小优的责任，也不用想办法一起解决吗？

小优当时就很后悔和男朋友在一起，觉得他这个人的处事态度和面对困难时候的心态都非常糟糕。

03

看完这个故事，你们已经感受到这个男生和第一个故事里的男生差别在哪里了吧？

一个遇到问题，是以幽默的态度来面对，心态十分好。虽然他也着急，但他不去责怪女朋友，会和女朋友一起想办法，把解决问题放在首位。

问题解决以后，两个人一起快乐地继续前行。

而另一个则是抱怨、责怪自己的女朋友，旅途还没开始，就已经徒增一肚子的坏情绪。

后来我问小优："你平时丢过东西吗？如果你男朋友知道你东西丢了，他会怎么样？"

小优想都没想就说："他一定会骂我'没脑子，记性怎么这么差，到底是不是女人'，而且是板着脸那种，搞得他好像从来都不会犯错，不会丢东西一样。虽然我每次都很憋屈，觉得他没道理骂我，但他一骂我，我就会很紧张，感觉自己像做错事情的小孩，很不开心。"

我想，换了任何女生，都不希望交到小优这样的男朋友，心里期望的都会是瑞瑞的男朋友那种类型的男生。

他一定是阳光的，遇到任何问题，都不会是骂你为先；更不会只懂得责怪你，让你一个人去解决困难。

他一定是包容你的，懂得如何安抚你，会站在你的身后，让你感到安全，让你有所依靠。他会让你觉得，你是能把自己完全托付给他的。

姑娘，谈恋爱的时候，不妨回忆一下你的男朋友是以上哪种类型的男生吧。如果是瑞瑞男朋友那种，那么恭喜你，你一定会很幸福。如果是小优男朋友那种，那么你有两个选择：要么试着改造男朋友，要么分手。

女生一定要和一个心态好又能包容你的男生在一起。因为男生心态的好坏，直接决定了你们爱情的幸福程度。男生没有好心态，不能包容你的话，除非你们的日子一帆风顺，否则但凡遇到一点问题，他都不会给你好果子吃。

幸福还是痛苦，你也只能如人饮水，冷暖自知了。

最后，愿女孩们都能遇到和瑞瑞男朋友一样的那种男生。

重承诺有多重要

01

有一次我在朋友圈问：“你们之间有哪些事是他答应你，却没有做到的，或是你答应他，你最后也没做到的？”

女生余生尽说：“他说等我毕业就会娶我，可是后来我才知道，他已经和别人结婚十年,还有三个孩子。”

一个男人需要花多大的力气，去欺骗一个女人？

他明明结婚了，明明还有孩子，明明不可能离婚，却要骗另一个女人，给她吹一个满是希望的气球，最后又亲手将其戳破。

张小娴说过：“情话只是偶然兑现的谎言。”

“我想你，我好想你”“我爱你，我最爱你”“我娶你，我一定会娶你”……这些话可能只是他一时兴起而说的，可能只是当时夜色正美，为了应景，唯有配几句情话才不辜负良辰。他像个演员一样设计了情节，你却不知不觉入了戏。

我想：他讲承诺的样子一定很动人，动人到听的人以为好真好真，没想到最后，还是输给自己的天真。

我没有别的要求，只求爱的人不要轻易许诺，如果要许，就要兑现。

我不需要偶然兑现的谎言，我只要你最真切的行动。

02

想起小时候，好朋友不想回家，就睡在我家，她半夜里流着眼泪跟我说："我爸妈感情不好，有一回妈妈等爸爸回家，等到很晚很晚，给他打电话，爸爸那头很吵很吵，还没等妈妈问到他什么时候回来，电话就被挂断了。"说完以后，她小小的身体，因为哭泣而忍不住抽搐。

两个人结婚，彼此每天都回家，应该是从领证的那一刻起，彼此就有的默契约定。可还是会有男人，不懂这份心照不宣的承诺，照样在婚后只管自己，该吃吃，该玩玩，有些人玩到深更半夜才回家，有些人干脆彻夜不归，让家里的人独自黯然神伤。

可不可以有点责任心？把所有承诺都在心里烫一下好吗？因为心上有了烙印，你才不会忘。

03

关于承诺，范围说大很大，说小很小，大到"我永远爱你，生生世世”，小到“我明天一定带你去吃好吃的，就明天”。

我这个人胃口不大，但我会有突然很想吃东西的时候。比如突然很想吃火锅，突然很想吃芥末章鱼，突然很想喝奶盖茶……如果突然很想吃却吃不到，我的心情会特别低落，整个人都不好了。

有一次中午，老公问我去哪里吃饭，我说要吃火锅，而且要吃×××家的，他说好，然后我们就去了。

结果我们到了那里，店铺门口的玻璃门上贴了一张纸，说暂停营业一周。我当时好崩溃，其他连锁店，开车过去起码一小时，我很想去，老公说：“下次吧，等到了那里，人都饿傻了。”

我想想也有道理，但又不甘心，老公就说：“过几天吧，过几天有空带你去吃。”也不知道他是随口一说为了暂时哄哄我，还是真的，但我是真的因为这句话，就说：“好吧，那就去吃别的吧。”

可是在别家店吃饭的时候，我心里想的还是×××家的火锅，我就跟老公说：“你说的哦，过几天一定要陪我去吃那个火锅。”老公说：“好。”

我问他：“那你什么时候有空？”

老公说：“下个礼拜吧。”

到了下个礼拜，其实我已经忘了，每天都忙着写故事、想选题，连吃饭时间都不固定。那天老公给我打电话，问我：“有没有空？带你去吃×××家的火锅。”

我这才想起来，对哦，我们还有这个约定。你们知道吗？即使是这么细小的约定，在被实现的时候，也能让人非常快乐。

特别喜欢安妮宝贝的一句话：能让我感到快乐的，都是很微小的事。

对啊，我们的生活都是由很多小事组成的，幸福的河流也是由这些小事聚集起来的：今晚我带你去看电影，明天我陪你在家，哪里也不去；今晚我一定回家吃饭，明天即使再忙，我都会记得给你打电话；我下个月一定抽时间陪你去旅游……

生活中，如果两个人能把这些细微的约定全部完成，就会很幸福很幸福了。

可是，如果你只是随便说说的，那还不如什么都不说。因为当我们有了期待的时候，愿望实现不了时的失望会格外大。

04

某一个深夜，一个男性读者和我说：“其实分手以后，我挺后悔没和她去旅游一次的。在一起的时候，我答应过她要带她去旅游，可是每次都不知道因为什么事情就没有去。现在想再约着去旅行，已经不可能了……”

他说完这话，我就发现：人们都有着惊人的默契，总在分手以后，才格外惋惜没有好好完成当初的约定。

什么时候，人们才能懂得自己做过的约定一定要实现，往后才不遗憾呢？

究竟怎样的男人，才最适合你

01

究竟从什么时候开始，我们急着想知道自己适合怎样的男人？可能经过几次失败的恋爱，我们都累了。

我们还是会渴望遇到美好的爱情，可是又害怕重蹈覆辙。于是看见一些心理测验，标题诸如：“你到底适合怎样的男人”“什么类型的男人才最适合你”“你适合多大的男人”……就会忍不住点进去看。

测完以后觉得“很对，我就适合这样的男人”。可是知道了答案，你就一定能够遇见这样的男人吗？就算遇见了，你们就真的合适吗？

亲爱的，不要妄想通过一篇文章，就了解到你究竟适合怎样的男人，文章里永远不会有真正的答案。

世上人太多，每个人都不相同，即便有共同点，但区区一篇文章能告诉你什么呢？

究竟怎样的男人，才最适合你？真正的答案从来都在你自己身上。

如果你想要找到最适合自己的人，就非要去恋爱，去尝试不可。

只有你亲身经历过，遇到了不对的人才会恍然大悟：啊，原来爱情不是只要相互喜欢就行，原来这样的人真的不适合我。

知道了什么是不合适的，你就会知道什么是合适的。慢慢地，你就会知道那个适合你的男人是什么样的。

02

在亦舒的小说《假如苏西堕落》中，苏西在遇到青年才俊朱启东的时候，两个人是一见钟情。男才女貌，他们很自然地走到一起。人人都夸朱启东好。他也确实好，年纪轻轻事业有为，充满爱心。对于朱启东的为人，苏西无可挑剔。

可是他们在一起的那段时间，没有一次约会是完整的，要不就是约会到一半朱启东被医院叫回去救病人，要不就是朱启东在高强度的工作结束之后，累得睡着了。

他们几乎没有其他情侣有的甜蜜时间，好不容易朱启东有一个七天的假期，苏西原以为终于有了两个人的时间，可是他说，他答应了朋友去米耶玛山区做义工，那边的贫困儿童需要他的帮助。朱启东对苏西说："救助贫困儿童比吃饭、跳舞重要得多。"

苏西得到结论：朱启东是个好人，但他不一定适合自己。苏西想要的是一个不那么忙碌，下了班就能够和她过二人世界的伴侣。

她不会企图改变朱启东什么，那是他的工作性质，她只是明白了他们不合适，并不需要为了对方做出改变。

相互喜欢决定了苏西和朱启东的相恋，而双方是否合适决定了苏西和朱启东的恋情能持续多久。当发觉双方不合适且无法改变的时候，也是他们感情结束的时候了。

正是因为相处过，苏西才能在这段感情中，更加明确自己想要的是怎样的男人。

03

总有人问我："遇到了喜欢的人，不知道要不要在一起，不知道合不合适，怕恋爱之后发现彼此不合适又分手，会很受伤。"

可是，如果不试一试，谁能知道他到底适不适合你，就像苏西那样，她一开始也不知道朱启东适不适合自己。

古时候打仗，那些历经沙场的人总是看不起那些纸上谈兵的人。

不去恋爱，不去感受，只看一些测试文章了解自己适合怎样的男人，就相当于纸上谈兵，不切实际。

没有真正的经历，便无法真正了解你自己的内心，知道自己对爱情有怎样的渴望。

所以姑娘们，别在恋爱之前问你究竟适合怎样的男人，在下一次遇到喜欢的人的时候，像苏西一样，去爱一次，爱过了才会知道你们究竟合不合适，能不能走下去。

最高级的浪漫，是我想和你过余生

01

有一次小美约我喝酒，我们喝到一半她忽然说："真羡慕你，结婚、生小孩，一样没落下。"

我说："傻姑娘，我们才羡慕你呢，你跟大鹏从初中走到现在，十几年的感情多难得啊。"

小美却哭了，她说："就是因为我们在一起十几年了，我却连个承诺都没等到，觉得好累。不知道再等下去，我和大鹏到底会不会有结果。"

我问她："怎么了，是不是和大鹏吵架了？"

小美说没有，她只是想结婚了，看着周围的同学、朋友一个个都结婚了，喜酒喝了一场又一场，每次被大家问"什么时候轮到你的时候"，她却只能笑笑，看着身边的大鹏说"还早还早"。

其实真的不早了，他们在一起十几年了，她早就想嫁了，可身边那个男人从未说过要娶她的事情。

我问："那你打算怎么办？"

小美强笑了下，抹掉眼泪说："还能怎么办？"

明知道熬夜会伤害皮肤，却一直戒不掉；也知道苦等的爱情费时间，却还要傻等着。

她说她已经等了十几年了，也不介意再多等些时间，只是这颗心明显越来越累，她怕自己坚持不住。

我抱了抱小美，打算找个机会问问大鹏到底怎么回事。

02

刚好第二天中午我刷朋友圈，看见大鹏发了一张和小美在一起吃饭的照片。我赞了之后就私聊大鹏。

我问："大鹏，打算什么时候把小美娶回家啊？"

大鹏说："我们现在挺好的，没必要改变现状。"

我有点生气，问他："什么叫挺好的，没必要改变？你知道小美的想法吗？"

大鹏说："知道。"

我说："那你怎么不表示，舍得让她继续等着？"

大鹏说："结婚领证不就是一个形式吗？我们都在一起十几年了，我也不可能找别人，就是觉得现在这样挺好的，没必要非得结婚。"

一个女人从十几岁就爱上一个男人，跟他在一起，把自己美好的十几年时光都给了这个男人，无非是想和他过余生。

可是女人是需要承诺的，听多了千篇一律的“我爱你”，到了必要的时候就会想听“我们结婚吧”。

我跟大鹏说：“或许你觉得现在这样挺好的，你也觉得自己不会变心，可那都是你觉得。少了那张纸，少了法律的保护，怎么说你们的这段感情都是没有保障的。”

大鹏发了个微笑的表情给我，然后说句“我知道”就没下文了。

我也不再说什么，就回了一句：“差不多就行了，别让小美等太久。”

03

什么样的感情会让人疲惫？爱情长跑了十几年，却依然未果。

对女人来说，两个人好了那么久，心肯定已经定下来了：后半辈子除了跟你过，也想不出还能和谁过，这个时候就差你的一句“我们结婚吧”。

男人会说：“现在这样不挺好的吗，那么多年都过来了，为什么要改变生活的形式？”

是啊，你是觉得这种形式很好，但我是不是可以理解为你还不想承担婚姻的责任？

结婚和恋爱的状态肯定是不一样的，结婚了你就是别人的丈夫，你除了要负起恋人的责任，还要担起家庭的责任的。

有那么多责任压上来，可能你还没准备好，但你也要为自己的女人考虑一下。她年纪不小了，她心里会着急的，她不再像年轻的时候一样无所顾忌，耗得起时间，她的家里人也会催促她快点儿结婚。

万一她抵挡不住各方压力，可能你们那么多年积累的感情就要付之东流了，你不觉得可惜吗？

很多男人不是不想结婚，也不是变心了，只是他们还没长大，还没准备好承担更多的责任。如果真的这样，那么你们是不是就太孩子气，太自私了些？

男同胞们，你们要记住，永远不要让一个爱你的女人等太久。

因为等得太久，谁都会失去耐心的。

04

记得有个女读者跟我说，她跟男朋友分手了，不是因为不爱他了，只是不想再等下去，守候一段遥遥无期的爱情对她来说实在太累了。

她问了男朋友好几遍，到底怎么想的，要不要娶她。

家里人一直给她介绍相亲对象，她都拒绝两年了，想把男朋友带回家给爸妈看看，却一直遭到他的拒绝。

她索性就说分手了，她不过就是想要一句他会娶她，却怎么都等不到。

她说事到如今才明白："最高级的浪漫，不是生日的时候他送你999朵玫瑰花或者送你价值几万元的卡地亚手表。最高级的浪漫，就是实实在在的一句'我想和你过余生，我想把你娶回家。'"

是啊，最高级的浪漫从来不是一些物质上的东西。女人也不都是肤浅的，你的承诺，你的携手同行，才是她最想要的。

听多了"我爱你"，什么时候才会等到你说那句"我想娶你"呢？

所以，别让我等太久好吗？

我怕自己坚持不住。

你男朋友会为你24小时开机吗

01

我一直认为睡觉时手机关机是很正常的事，这样可以有高质量的睡眠，不会受到手机辐射，尤其不会被半夜突然响起的骚扰电话吵醒，所以关机就是我的睡前仪式。

换句话说，如果睡前不关机，我就睡不好了，这一点可可和我一样。但因为一件事，让我想要做个开机睡觉的人了。

有一段时间，我和可可去乌镇玩，晚上入住了乌镇的一间民宿，睡前可可和男朋友煲电话粥，我自己玩手机，也没注意他们在说什么。

只听见可可说：“不行，不关机我睡不着觉。”然后说了声“晚安”就挂了电话。

过了会儿，真的只是一小会儿，可可就收到男朋友的微信语音：“可可，我24小时都开机的，晚上不管有什么事都能保证让你随时都能联系到我。”

听完之后我问可可：“你男朋友一直这么紧张你吗？我们只是在乌

镇住一晚，又不是住在荒山野岭。”

可可说：“他一直都这样啦，杞人忧天。”

虽然我也觉得她男朋友杞人忧天，但听见那句话时，心里还是被暖到了。

02

可可是单亲家庭的孩子，从小独立惯了，什么事情都习惯自己扛。可可和我说有时候她还真不习惯男朋友对她那么呵护，感觉自己的幸福不像是真的。

有一次可可半夜里很不舒服，肚子疼得站不起来，出租房里也没有备药，可她浑身一点儿力气都没有。她就想着打电话给楼下的邻居，没想到邻居手机关机了。

于是可可打给她男朋友，她男朋友在半小时后带着药赶到可可家。

原来那个晚上可可得了急性盲肠炎。

到了医院之后，男朋友和她说：“以后有事要第一个想到我，我24小时为你开机，你知道的。”

虽说远亲不如近邻，可是如果紧急时刻近邻的电话始终打不通，很可能就错失了一次救命的机会。但如果可以打通那个最重要人的电话，他一定会立即想办法去救你。

有一个为你24小时开机的人，真的很重要。

03

有一回家里的老人问我："我早上6点打你的电话，你怎么关机？"

我说："晚上睡觉我习惯关机，怕被莫名其妙的电话吵醒，就睡不好了。"

老人说："我们年纪大了，万一晚上发生点什么事，要给你们打电话，结果你们关机，那就完了。"

起初我也没在意，觉得他们都好好的，能有什么事？在我心里，他们起码都能活到100岁。

可是这只是我认为而已，其实人生总是充满意外，等意外真的来了，你再去改变什么，也来不及了。

04

想起某个晚上，我和朋友在KTV唱歌，快12点的时候才回家。经常走的路被封了，我路不熟，就用导航找了一条路，结果误上了高速公路。

雨天晚上的高速公路别提有多可怕了！全是一辆辆超级大卡车，从我车边上"轰隆隆"开过，我一辆小车夹在中间，感觉随时会被那些大车压扁。再加上雨越下越大，到家的时候感觉自己像从鬼门关回来一样。

本来半小时的路程，我开车开了两小时。

我老公醒来说：“不是让你住在杭州家里吗？这么晚开回来多危险！”

我说：“可是我想回来。”

然后我就把上高速的经历跟老公说了，没想到他那么生气。

他说：“我叫你住在杭州家里你不听，你要回来路被封了，那你可以给我打电话啊！你不知道路怎么走，我告诉你走哪条，再不行我来接你，你知不知道雨天高速公路上多危险？”

说实在的，他在说这番话的时候我也很生气，我没给他打电话是因为我知道很晚了，他肯定睡着了，我不想把他吵醒。

但他在训完我之后说：“人没事就好，以后不管什么事情记得给我打电话，我手机一直都开着，也不要觉得我睡了就不给我打电话。我之所以不关机，就是因为万一你有什么事打我电话，我可以第一时间知道你的状况，然后想办法。”

所以开机睡觉，不是为了别的什么，而是为了那个重要的人。

我愿意为你24小时开机，做你随叫随到的人，尤其当你需要我的时候。

总要狠狠爱过一次，才不算白活

01

我感到仍然有很多人不懂爱情，他们结婚不是因为爱情，是为了给父母一个交代，是为了完成传宗接代的使命。

又或者他们结婚也不是为了这些，他们的脑子里根本没考虑过什么传宗接代的事情，只是随大流。到了一定的年纪，他们看周围的人都结婚成家了，如果自己再不有所行动，只怕是要单身一辈子。

他们心里一急，就赶忙找个人谈恋爱、结婚，希望这个人能和自己在一起一辈子。

在我们眼里，他们这种操作叫“凑合婚姻”，但在他们眼里，那是生态规律，他们觉得自己的每一步都是按照轨道来走的，再没有比他们更懂得什么叫按部就班的了。

我们会觉得这样的婚姻枯燥无味，他们不会，因为他们不懂爱情，不明白爱情的真正意义。于是他们以为婚姻也就那么一回事，没有大家所说的那么严肃。

我忽然觉得，这部分不懂爱情的人有些可怜，到底是什么禁锢了他们的思想？人生在世，居然不曾狠狠爱过一次。

一个人活在世上，至少应该经历一次刻骨铭心的爱，才不枉来人世走一遭。

02

什么叫刻骨铭心？你试过紧紧拥抱一个人吗？闭着眼睛，心里除了抱着的这个人，什么也装不下。两个人彼此相拥，好像全世界只有你们，不讲话也不会觉得尴尬，只想把对方抱进身体里。

你试过很担心一个人吗？他出门在外，本来到了应该回来的时间，你应该等到他说的晚安了，却没有及时收到。这时候，你心里很不安，总觉得他会不会出什么事，你坐立难安，一刻没收到他的消息，你就一刻不能心宁。

你试过在夜晚偷偷亲吻一个人吗？他就睡在你身边，本来你也是熟睡的，可是半夜醒来，看见有个人躺在你身边，那种温馨与踏实的感觉你无法表达，忽然很想亲吻他，只有亲吻才能表达你此刻内心的幸福感。

刻骨铭心不是指两个人经历了多么曲折的爱，比如，有人百般阻挠你们，你们还是没能在一起。

刻骨铭心其实很纯粹，就是有那么一个人，紧紧牵动着你的心，而你也紧紧牵动着他的心。

一个人一辈子，总该拥有一次刻骨铭心的爱，体会过后才知道爱是什么，爱一个人的滋味，是苦还是甜。

所以，朋友们，大胆地去爱吧。别做随大流的人，别人谈恋爱你也匆匆谈恋爱，别人结婚你也匆匆结婚……

你一定要和那个能让你心动的人谈恋爱，然后牵着他的手，一起步入婚姻的殿堂，创造你们美好的未来。

去爱吧，千万别在两鬓霜白回望人生的时候，才叹息一声："这辈子，我居然连个狠狠爱过的人都没有。"

为什么一定要找一个愿意哄你的男人谈恋爱

01

谈恋爱的时候，有些男人永远不会哄你。不管你开心也好，不开心也罢，他永远冷着一张脸，需要你自愈。

朋友跟我聊天，她说："小然，其实我这个人真的不难哄，有的时候两个人吵架生气了，只要他稍微哄我几句，我马上就能笑。偏偏他一个字都不说，跟我玩冷战，弄得我心很累，不知道该怎么继续这段感情。"

那一刻我觉得，拥有一个懂得哄人的男朋友是人间大幸。

朋友还说："最气的还不是他一直跟我冷战，而是明明是他不对，他还怪我太会生气、太难哄、一点也不像别的女生那样可爱。我才想说他也不像别的男人那样那么会哄人。"

女生大多吃软不吃硬，可惜很少有男人懂这个道理。

02

有一次我在星巴克看书，身边来了一个女生，她一直低头玩游戏，大概玩了半小时，一个男生走过去坐在了她的对面。

男生一来就握住女生的手，笑嘻嘻看着女生，女生板着一张脸一句话不说，依旧玩游戏，男生轻轻问：“还生气呢？”

女生不讲话，男生继续握着她的手对她笑，软软地说着一些话，笑眯眯地看着女生，放低姿态，认真哄她开心。

没过几分钟女生笑了，开始和他说话，这是原谅男生的意思了。

他们走的时候女生挽住了男生的手臂，一点也看不出他们之前有过争吵。

你看，女生都很简单，只要你真心哄我一下，我和你很快就能和好，谁愿意板着脸跟你冷战几天几夜？你不难受，我们心里还难受呢！

03

人的性格是大不相同的，能找到一个会哄人的男朋友，真的会很幸福。但遇见牛脾气的男人，女生是真的无奈，他都不懂哄人，一件再小的事，到他那里也会变得大到好像无法解决了。

有男人抗议：“为什么你们女生只要求我们男人会哄人，你们女生就不能少生点儿气吗？”

可是两个人在一起，哪有从不生气的，男人也会生气，男人生气的时候，女生也会来哄你呀。

这个时候男人又说："我们生气的时候，你们一哄，我们就好了，可你们女生呢？左哄右哄都哄不好，越哄还越来劲！"

是，我承认是有一些越哄越来劲的女生，但那毕竟是少数，多数女生还是懂得适可而止的。既然你们都认真哄我们了，我们感觉到你们对我们的心意了，哪里舍得再跟你们闹别扭啊！

只有不爱你的人，才会在你千哄百哄之际还给你脸色看。如果你找到一个稍微哄一哄就对你笑的女生，她一定很爱你。

所以别再觉得女生难搞了，其实是你不会哄人。

谢谢你用温暖，消除我的悲伤

01

在我的读者里面，有一个这样的姑娘，她被男友伤害后，许久之后还没有痊愈。后来她男友找她求复合，她对他又爱又恨，不知道怎样选择。

有些话，我想对她说，也对每一个有过同样经历的你说：你想过吗？他当初背叛你的时候，可曾想过夜半时哭红双眼的你；他当初坚持分开的时候，可曾想过为他付出青春岁月的你？他没想过吧？他一定觉得没有你他可以过得更好，所以才会毫不犹豫地离开你。

馊掉的菜，吃多了会得病；背叛过你的前任，还不如馊掉的菜。

如果渣男前任想回头，你还要收留，莫不是嫌自己活太久？

可能我说话略狠，但良药苦口，这道理你一定懂。

02

这个姑娘和男朋友从高中开始谈恋爱，后来她男朋友去当兵，她就等了他四年。她把人生中最好的四年都用来等一个男人，等到的不是更多的珍惜，是劈腿加分手。

简简单单的故事，却有多少人有相似的经历？有多少人都是心里还爱着他，又接受不了他的背叛和伤害，选择分手的？又有多少人，分手后，多年过去，自己还是没能走出来？

被前任断断续续地纠缠，剪不断，理更乱。这个姑娘无助到不知道怎么走下一步，忘不掉过去，又看不见未来，身边有哪些人陪着她，她看不见。

有些姑娘是比较脆弱的，受过伤的心很难好起来。

她们在受伤之后特别容易陷在里面出不来，甚至连别的异性靠近都会感到害怕，不再敢轻易相信别人。

我想告诉这些姑娘的是，决定你生活幸福与否的，不是别人，是你自己。

活得酷一点儿，谁背叛你，你就叫他滚！

活得傲娇一点儿，谁现在不珍惜你，要知道他早晚要后悔！

活得洒脱一点儿，谁离开你，你照样过得光芒万丈，像个人间天使！

谁没了谁，还活不下去了？

有时候，他只是给了你痛苦的紧箍，而你却让自己成了念咒的人。你不去回忆，紧箍咒就不会令你疼痛。

我知道不去回忆很难，但是姑娘，没有人能救你，除了你自己。

你知道吗？我也曾被背叛过，和你一样；我也曾被伤得很深很深，和你一样；我也为了别人流过很多很多的眼泪，和你一样；我也曾受过非常非常多的委屈，和你一样；我也曾以为自己以后都不会好了，和你一样。可是，我现在还是过得很好、很幸福，希望你也一样。

我说过的呀，渣男失去你，绝对是渣男亏了。但你有幸看清渣男，绝对是你赚了。

如果你再和渣男纠缠下去，那么你的人生真的是被你自己搞垮的，就怪不了渣男。毕竟他已经亲身示范告诉了你他有多渣，你不听就是你的不对了。

03

我的一位男性读者龚同学，因为感情问题感到十分忧愁。

他说他第一次见到那个姑娘时，就喜欢上她了，往后就再也忘不掉她的笑颜。

他问朋友要了姑娘的微信，一开始那姑娘没给，他就一直要，直到一个月后终于拿到她的微信，他高兴坏了。

还真是物极必反，高兴坏了以后他真的就坏了，整个人都不好了。因为姑娘曾经有过被伤害的经历，见到男人都觉得像骗子，不敢开始新的感情。无论他怎么用心对她，那姑娘都离他很远。

她就像一座冰山，他撬不动，也融不了。

到底怎么才能走进姑娘的心，让她相信这个世界上有渣男，但也有好男人啊？

好男人是有的，你要相信。因为弗洛伊德曾说过："对于成功的坚信不疑时常会导致真正的成功，幸福也一样。当你对幸福坚信不疑时，常会导致真正的幸福向你靠近。"

所以拜托了，每一个小可爱，你们一定要相信，在大雨过后的傍晚，你也一定会幸福的。

可能你的身边已经有人在等候，只需要你花点时间认真了解他。他就会告诉你："姑娘，这里有份幸福为你准备很久了，你有空签收一下吗？"

姑娘，你要相信，一定会有一个人用温暖帮你消除悲伤。

什么是标配爱情

01

什么是标配？标配的意思是最基本的、最低标准的配备。大家都知道，我们买东西最起码买标配。

连标配都达不到的产品，良心商家不会拿出来卖；无良商家即使拿出来卖了，我们消费使用后，也会很快发现产品的问题。

产品好不好，我们一用就知道。当下经历的爱情好不好，我们心里也清楚。但我发现，产品不好我们会退掉或弃用，可爱情不好，我们总是犹豫该不该放手。

其实爱情和产品一样，也该讲究标配。当你明白爱情的标配是怎样的，或许你能更理智地看待你的感情，知道这段感情是好是坏，会更容易抉择是去是留。

02

什么是标配的爱情？标配的爱情，最基本的有三大要素：互爱、互懂、互让。

互爱，即互相爱护。

最残忍的是，我们在一起，却感觉不到你爱我。我和你说话，你对我的态度始终冷冰冰。我在关心你，你却嫌我烦。

我和你聊朋友、同事间的趣事，你觉得我爱管闲事。我不开心，你完全看不见。我与人发生矛盾冲突的时候，你从来不护短。我生病、不舒服，你总是不痛、不痒、不在乎。

最难过的是，曾经我们相爱，后来却成了我单方面的爱。如果这份爱不是互爱，这份感情连低配都不算。

互懂，即互相懂得。

最心寒的是，我们在一起，你却从来不懂我。我说的话你永远听不懂，你听不懂也就算了，还总是曲解我的意思。

我跟你讲人要上进，你认为我嫌你穷；我跟你讲提升生活品质的好处，你觉得我爱慕虚荣；我跟你谈情怀，你笑我矫情、爱做梦；我跟你谈未来，你认为没必要考虑那么远。

最伤人的是，我想和你一起努力，让我们的未来变得更好。你却反问我怎么不去找富二代，何必找你这样的。如果你爱的人这么不懂你，这份爱情还有什么意义。

互让，即互相包容、退让。

最失望的是，我们在一起，谁也不肯让着谁，谁也不包容谁。爱情难道不该是你让我，我让你吗？

你来哄我，我顺势给你台阶下，再大的矛盾也瞬间化解。我惹你生气了，我来逗你，你也顺势给我台阶下，再气的事也不气了。

有什么做得不好的，两个人互相包容、退让，谁也不是完人。我们可以一起面对遇到的问题，一起想办法解决。但重要的是别把问题丢给对方，而自己却做甩手掌柜。

两个人在一起是要互相让的，谁也不肯让的爱情不叫爱情。

我们是爱人，又不是敌人。

03

一个朋友说，她和男朋友在一起五年，每次男朋友生病，她都主动请假陪他去医院。可她生病，男朋友永远都是工作第一，她第二。他不在身边照顾她就算了，连打电话关心都没有。

现在她最讨厌自己生病，因为生病最容易看穿一个人，看穿我爱你比你爱我多太多。

另一个朋友说，她月薪5000元，男朋友月薪4000元，年底他们就要结婚了。结婚后每个月要还7000元的房贷，以后还要生娃养娃，想想她就心里着急。

她一边工作，一边做微商，就想多存点钱。男朋友却嫌她做微商丢他的脸。她说别人不理解就算了，但男朋友怎么能嫌她丢脸，难道她这么拼，只是为她自己吗？

她开始犹豫，自己到底要不要结婚，他根本不懂她的努力是为了什么。

这场爱情就像她一个人的孤军奋战，而男朋友是个局外人。

还有一个朋友说，每次她和男朋友吵架，都被气得半死。他从来不会哄人，明明他错了，也跟大爷似的不肯低头。

认个错有那么难吗？会死吗？

其实只要他愿意认错，她可以马上消气和好。后来她都不想吵架了，越吵越累，而他永远不会改变。

旁人都问："爱得这么累，为什么不分手？"

为什么？因为爱情不像买东西，东西不好可以退可以换。但爱一个人久了，就像身上长出来的一块肉，怎么舍得割掉？割掉太痛了。

可是亲爱的，你舍不得割掉，它会一直毒害你，你会一直被伤害。这哪是标配的爱情，它不合格。不合格的东西，再不舍也要舍弃。

如果两个人在一起，他不懂你，不包容你，那你们不如算了吧。从此一别两宽，各生欢喜。

希望你的爱情，最起码是标配的。

第二章 他是你的生活背景，而你是他的甲乙丙丁

他不喜欢你，无论你怎样挣扎，都是无用。他是你的生活背景，而你是他的甲乙丙丁。我们谁都会受伤，也会在爱里成熟。喜欢的去追，得到的珍惜，过去的遗忘，才是最幸福的状态。

她是我送LV包，就能追到的女孩

01

朋友大奔很丧，真的很丧。先是父母生意失败，卖了花园洋房，他无能为力；再是女朋友跟人跑了，他还是无能为力。

我是9岁那年认识大奔的。那时候我们家附近修建了一个公园，每天吃了晚饭，我就迫不及待地去那里玩。住在附近的小朋友都一起玩，大家玩着玩着就熟了，我和大奔就是这样认识的。

所有小朋友里，我对大奔印象最深。他特大方，每次都会请大家吃冰棍，而且从不计较游戏谁赢谁输。哪怕是别的小朋友赢了，摆出一副趾高气扬的样子，大奔还是会送那个人冰棍吃。

后来我们那个区拆迁，所有人都失去了联系。近20年，我几乎都忘了大奔这个人。直到有人来加我微信，说是小时候的玩伴大奔，我才想起，原来在我的童年里，还有这样一位朋友。

大奔开始和我聊他这些年的生活。他说拆迁后，他就随爸妈去了台湾，那时候其实挺舍不得我们这些一起玩的小伙伴。但爸妈决定要去台湾赚钱，他只能服从命令。

去了台湾后，他过得不是很开心。爸妈为了赚钱，每天早出晚归，根本没时间陪他。陪伴他的几乎是一张张字条，有时候是爸爸写的，有时候是妈妈写的。通常是告诉他晚饭记得自己吃，钱已经放在桌上了，让他吃完就早点回家，别去外面乱逛，免得被坏人拐走。

他说，到了台湾后，再也没遇到过我们这样的小伙伴了。他也想出去玩，但总觉得没劲，出去了能和谁一起玩呢？他谁也不熟，再加上讲不出一口台湾话，住在附近的小朋友总当他是外地游客。

他说，那个时候真挺渴望爸妈破产的，这样就能卷铺盖回杭州，就又能和我们玩在一起了。没想到的是，他爸妈当年没破产，而是发了。

更没想到的是，他爸妈会在20年后破产，也算是遂了他当年的愿，卷铺盖回了杭州。他却一点也开心不起来。

大奔的爸妈发财以后，更没时间陪他了。而且，随着他们家越来越富裕，他爸在外有了情人，据说年龄比大奔还小。他妈也有了情人，据说年龄比大奔大一些，但绝对比他妈要年轻。

用大奔的话来说，他爸妈的婚姻已经只剩一副空架子。可在破产后，他爸妈的感情发生了空前的质变，有种历经生死，蓦然回首，还是枕边人最靠谱的感觉。

大奔说，他最难受的是，在爸妈破产后，他什么忙也帮不到。几乎是看着爸妈一夜白头，看着爸妈哭着卖掉辛苦打拼买下来的花园别墅。

他觉得自己真没用，除了会花钱，这些年似乎什么也没学会，甚至在爸妈破产后，连女朋友都留不住。

02

那天大奔女朋友打电话来，说自己马上要过生日了，问大奔想送她什么。

虽然她是在问大奔，但电话里已经透露她看上了一个新款的LV包包。

大奔愣了几秒，换成以前，他肯定想都不想就说“宝宝喜欢什么，小爷就送你什么”。但那天他说不出口了。那时他觉得自己什么也不是，什么也没有。他说不出他们家破产的事情。

他愣了半天，问她：“甜甜，如果我跟你说，咱们以后节约一点，你会生气吗？就是，我可能没有那么多钱给你买喜欢的东西，也不能你想去哪里旅游，我二话不说买好机票说走就走。可能也没法你喜欢吃什么，就马上打飞的带你去吃，如果是这样的话，你还会……”

大奔这话还没说完，他女朋友就在电话里反问他：“你怎么了？脑子坏了？哪来那么多可能啊，你是不是不想送我礼物？你直说啊，拐那么多弯干什么？”

大奔跟我说：“小然，你知道吗？我挺喜欢她的，真的，我们在一起三年，我给她买过无数礼物，几乎她要什么给她什么。她很漂亮，而我长得真的很普通，我不知道她喜欢我什么。但我知道，既然她选择了我，我就要珍惜她，对她好。所以一直以来我对她都是有求必应，直到我爸妈破产……”

我问他：“那后来呢？你跟女朋友怎么分手的？因为你家破产，还是因为你没能在她生日的时候送她一个LV的包？”

大奔的做法真的出乎我意料，他没敢告诉女朋友他家破产了。他已经预料到，如果说出口，就会失去女朋友。他还是给女朋友买了LV的包，但钱是问朋友借的。他仍然请女朋友去价格不菲的酒店吃烛光晚餐，但钱还是问朋友借的。

可是，能有几个朋友，会一而再再而三地借钱给他？有借有还，再借不难，可大奔根本还不起钱。富二代当惯了，班都没上过几天，拿什么去还人家钱。再后来，几乎没朋友接他电话了。那些钱，朋友说就当送他的，只求以后别再打电话来。

终于，东窗事发，女朋友去他家找他，发现花园别墅早就易主，这才知道原来大奔的爸妈破产了，房子、车子等能卖的全都卖了。

大奔问我，如果当初直接告诉甜甜他家破产了，而不是选择骗她，是不是甜甜就不会离开他？

我叹了一口气，问他有没有看过亦舒的小说《喜宝》，他说没有。

我说：“那我先不回答你这个问题，先给你讲一讲喜宝的故事。”

03

喜宝是剑桥高才生，原本就拥有出众的才华及美貌，年轻聪明的她知道自己只欠东风。因偶然，她认识了富家女勖聪慧。勖聪慧是个热情的姑娘，她一眼就喜欢上了喜宝，一心想把她介绍给自己的哥哥勖聪恕认识。

于是聪慧借着自己的订婚宴，为哥哥聪恕和喜宝制造机会。可在订婚宴上，看上喜宝的，不仅仅是聪恕，还有聪慧和聪恕的父亲勖存姿。宴会当晚，勖存姿已在暗中向喜宝展开追求，主动提出送她回家。

在勖存姿和勖聪恕父子之间，喜宝最终选择了财力更大的父亲，她知道勖存姿即是她的东风。

喜宝得到了她想要的一切，包括麻将牌一般大的钻石戒指，包括苏格兰的古堡等一切物质上她想要的东西。但是在得到的同时，她也感受到了冥冥之中，有什么东西在失去。

勖存姿能给她很多很多的钱，却给不了她很多很多的爱。喜宝失去了自由，失去了与人交往的权利，失去了爱一个年轻男人的资格。

她已经逃不出勖存姿的牢笼。只要她和某个男人产生一点儿情感，勖存姿就当着她的面，亲手枪杀对方。

喜宝25岁生日没人记得,只有她一个人度过。她幻想，如果当初嫁了一个月薪只有几千元的小职员，再生一个孩子，日子或许清苦，但几年下来，她和丈夫之间也会有些感情。在她的生日之时，她丈夫或许会在繁忙中记得祝福她，孩子会亲吻她的脸，说一声“妈妈，生日快乐”。

可如今，她除了钱什么也没有。经历了那么多的她，再也回不去当初。

大奔听完故事，沉默良久，说道：“其实我都明白，只是我不愿意承认。”

用钱堆砌出来的感情，从来都是不堪一击的。追她的时候，是一个LV包追到手的，甲先生能买给她，乙先生也可以。若哪天甲先生买不起了，她就会跟乙先生走，就算没有乙先生，还会有丙和丁。

其实，甲乙丙丁是谁都无所谓，她看重的始终是那些人的钱。

就像大奔的爸妈，有钱以后，各自都有了情人。其实他们心里都清楚，那些情人不过看在钱的分上陪伴他们一时。哪天他们没钱了，情人自然会离开他们，最后还是老夫老妻长伴到老。

大奔说：“我猜我爸妈其实早就明白：能用钱留住的人，从来都不是真心的。而在彻底破产后，他们更加明白：能够共患难的，才是真感情，才值得彼此珍惜。”

我趁机打趣大奔：“那你不用再担心，将来你爸妈东山再起后，再各自找情人了。”

大奔也不生气，他反而笑起来，说：“不会了，经过这次，他们都会更懂得彼此的好。”大奔在说这句话的时候，特别真诚，他的心中十分笃定。

我想，这是当一个人看清问题的本质后，才会有的表情。

04

想到之前有个男生给我留言，说他挺茫然的，说现在的女生太现实了。

他前后花了1万多元请一个新交的女朋友吃大餐，结果在他存的钱都用得差不多之后，只能请女生吃路边摊，女生就不跟他约会了。他感慨：“现在的人到底怎么了？”

我问他：“你之前给女生的感觉，是不是特别有钱，特像富二代？”

男生支支吾吾地说，他确实在约会过程中，想让女生误以为自己是富二代。

你看哪，搞不清楚问题本质的人还在迷惑，搞清楚问题本质的人已经像大奔那样，准备开始新生活。

所以男孩们，真的不要以钱为诱饵，去开始一段感情。你以钱为诱饵，凡是上钩者，肯定都是冲着你的钱去的。

那些因钱上钩的姑娘们，也请别被物质蒙蔽了你的眼和心。很可能你错过的，就是一个真爱你的男孩。

男孩们，也别总是想着姑娘们都挺好骗的，一两顿豪华大餐、一两个名牌包包就能把人家搞定。

那些认真的姑娘从来不是一个名牌包包就能收买的，她们想要的是比LV更昂贵的感情。

别再留恋那个甩了你的男人

01

如果甩了你的男人既不爱你，人又不好，那你就没必要再留恋他什么了。

别说什么你爱他，有什么值得爱的？他最不值得你爱的那一点就是他一点也不爱你。

我的同学小蛮跟我聊天的时候说，她跟男朋友都准备订婚了，结果她查出乳腺纤维瘤。不知道的人听名字以为很可怕，瘤嘛，听起来是有点吓人，但瘤也分良性和恶性，而她的纤维瘤不是什么恶性的东西，只要动个小手术，以后定期复查就没问题了。

就是这么一件事，把那男的吓跑了。他自己不好意思直接和小蛮说分手，说分手是他爸妈的意思，觉得小蛮有这个毛病不太合适。搞得好像男方全家都没得过病，并且以后也都一辈子不会得病似的。

我说："这种男的分手了也不可惜，他对你不是真心的，以后哪怕你有个小病小痛的，也不会得到他的照顾。"

可小蛮说：“我就搞不懂，他撩了我一年，一年以来也都对我很体贴，像对老婆那样对我，怎么说分手就分手了呢？”

其实综合这男的前后行为来说，道理很简单，在没发现小蛮有乳腺纤维瘤前，他是打算跟小蛮结婚的。既然他准备和小蛮结婚，那么小蛮以后就是他老婆了，自然谈恋爱的时候会对小蛮好，毕竟是铁板钉钉的老婆了。

但要注意的是，这男的只是把小蛮当老婆一样对待，谈不上什么真爱。他是个很现实的人，所以才会在得知小蛮患有乳腺纤维瘤时，毫不犹豫提出分手。

连你一点身体上的小毛病都接受不了的男人，要他干什么？

和他分手以后还应该谢天谢地，因为看出来他不是什么能和你共患难的伴侣。

小蛮说道理她都懂，只不过相处了一年，说放手一时还放不掉，毕竟也是动了心的感情。

这就是女人的通病，明知道对方很渣很垃圾，但因为自己曾经动过真心，就很难放下。

我觉得这就是惯性，根本不是放不下，只是因为你习惯了爱他，习惯了在这个男人身上投入自己的感情，只是一下子收不回来而已。

物理学得好的同学一定知道如何定义惯性。举个例子，你在跑步机上跑步，跑了半小时突然让你停下来，你的身体还是会有一种往前冲的感觉，这就是惯性。你习惯了跑步的状态，一下子就适应不了停下来的状态，这是你无法控制的事情。

就像爱这个男人，你身体所有细胞都习惯了爱他，突然要停下来，不由你的大脑说了算，你身体里每个细胞都需要一个适应的过程。但不管需要花多少时间适应，你必须明白，他既然不爱你了，你就不应该继续爱他。你可以让自己沉迷过去一段时间，但过了这段时间，就要努力让自己走出来。

永远记住，你不能一直沉迷下去！

02

我的另一个同学阿妹是个很痴情的姑娘，被男朋友甩了以后还一直喜欢着他，又继续喜欢他整整两年。可能有人会说："两年算什么，我喜欢一个男生喜欢了5年呢。"

但是，有谁能在被一个人甩了以后，还能连续两年每天都给他发很多短信，即使得不到回复，也会一直发下去的呢？

很多人喜欢一个人，在长时间得不到回应的时候就会放弃。但阿妹没有，她仍在继续坚持。

其实我早就劝过她："一个男生如果真的爱你或者他多少有一点被你的坚持感动的话，他都会回复你的短信，哪怕他不爱你，也会告诉你别再发了，因为他不想耽误你的时间。"

但我说的那些行为男生都没有做，男生就是不理她，一直都选择无视她的短信。这说明什么？说明这个男生的心里已经完全没有阿妹的位置，也很不善良，连一句“请不要再喜欢我，我不会再喜欢你了，别把时间浪费在我身上”这样的劝告都不说。

死心眼的阿妹就因为从来没有得到男生的回复，于是一直抱有希望，想着：既然他没有明确拒绝我，我就还是有希望的。

我很心疼阿妹，她男朋友是因为嫌弃阿妹不够漂亮才跟她分手的。

阿妹自己也知道，他们在一起的那几个月里，她男朋友就总说那个谁谁的女朋友很漂亮，走在路上，她男朋友也经常盯着别的姑娘看。

我想很多女生都有过阿妹这样的心态，明明知道男朋友有嫌弃自己的地方，但还是会一厢情愿地喜欢他。

可是她们忘了，好的爱情一定是相互的，他不会让你一个人很累地坚持在喜欢他这件事上。他会跟你配合，你进一步他也进一步，你退一步他还是会向你进一步。他不会只顾自己向前走，让你一直追着他跑。

所以，好姑娘，对于那些甩了你的男人就别留恋了。他都不爱你，你凭什么要去爱他？他算哪根葱？被分手的时候，你的姿态一定要酷，切忌表现出一副没了他你就活不下去的样子。你应该抬头挺胸，用你的高傲告诉他，离开他，你可以变得更美，过得更好！

这是温柔的最大陷阱啊

01

我一直觉得，一个男人说“我养你”，就等于在说“我爱你，我想对你负责，我想尽我最大的能力照顾好你”。

“我养你”，是一句爱的承诺，很浪漫，但觉得这句话听听就好。因为我见过太多因为一句“我养你”，就放弃工作、一心投入爱情和家庭的女人了。她们以为自己找到了毕生幸福，殊不知是在切断掌控自己命运的绳索。

我认识的一个26岁的普通女生，她嫁给了一个相对有钱的男人。

原本她每天在出版社起早贪黑，拿着最低的工资，干着最累的活，真的很辛苦，在大城市里她总觉得太阳离自己很遥远。

她总是想：什么时候才能有个依靠，有个归宿？

每一个加班的夜晚，每一个顶着寒风回到出租屋的夜晚，她都觉得很孤单。幸运的是，这个女生遇到了一个爱她、各方面条件都还不错的男人。

他们很快就结婚了，男人对她说："不要工作了，你工作那么辛苦，就在家好了，我完全有能力养你。"

男人说这话的时候的确是认真的，他有钱，有能力，心疼老婆，不想让老婆上班也很正常。于是女生就开开心心地过上了不用上班的生活。

每个月的生活费都由男人来出，她想要什么、想买什么都找男人拿钱。

前几年他们的生活是很好的，但渐渐地就变了。男人从一开始的偶尔一天不回家住，变成连续一个星期都不回家住，到后来变成了一个月、三个月都不回家住。

那个男人有外遇了。

虽然每个月的生活费他还是照常给老婆，却见不到人影。女生一再求老公回家，跟外面的女人断掉，男人一再哄她，却始终没有断了和外面女人的联系。

女生不明白为什么当初爱她的男人不爱她了，她想过离婚，但离不了，她根本没勇气提出来。因为她好几年没工作了，什么也不会，这几年尽过着舒服的日子，早就忘了如何自食其力。

到了这个地步，她才恍然大悟：当初结婚，就是自己的工作再苦再累，自己也不该放弃。即使放弃了那份工作，也应该在婚后找一份适合自己的工作来做，绝对不能亲手断了自己实现经济独立的道路。

最后她还是没有选择离婚。

过惯了优渥生活的人，很容易就丧失了独立的能力。

她只能求老公回家，对老公在外面沾花草的事只能睁一只眼，闭一只眼。

虽然这个故事只是个例，但这个故事有警示女性的作用。无论婚前婚后，女性都应当保持经济独立。

爱情很美好，但美好的爱情只存在当下，我们也只能确定当下。

人世无常，未来会发生什么谁也不知道，他会永远爱你吗？哪怕当时他承诺会，但谁能保证他一定能做到？

我们只能把那句“我养你”，当成“我爱你”来听。

但绝对不能把“我养你”，当成从此以后自己能够不用工作，安安心心待在家里相夫教子的美好生活的保证。

02

有一次我在知乎上看到一个热门话题：被家暴的女人都有什么共同点？

知乎网友鹿心麦说她在妇联工作过，经常接触到被家暴的女性。她总结出大部分被家暴女性有一个共同点：都没有工作。也就是这些女性都丧失了经济独立的能力。

鹿心麦曾经遇到过一个妇女，她被老公打了，来寻求妇联的帮助。

鹿心麦对妇女说，以她们的工作经验来看，家暴只有零次和无数次，实行家暴的男人是必须离开的，她们建议这个妇女勇敢离婚，她们还能提供免费的法律咨询服务。

但是，这个妇女不想离婚，因为她没有收入。她只想让妇联帮她教育自己的老公，让老公以后别再打她。

妇女的原话是："我不能离婚啊，我没有收入。"鹿心麦告诉她，没有关系，妇联可以帮她找工作。

可是妇女仍然说道："我找不到工作，我什么都不会。"无论鹿心麦怎么劝说，这个妇女认定自己工作不了了。

和社会脱离太久的人，会对自己失去信心，也会对自己能够有赚钱的能力这点失去信心。

这是很可怕的，这个妇女在经济上完全依赖老公，认定自己离婚以后没有经济来源，将连生活都成问题，所以就算老公对她实行家暴，她也不敢离婚。

其实，我觉得当时的爱情再美好，我们也应该做好它会变坏的准备。这不是悲观，而是有先见之明。

我们应该做好爱情会中途夭折的准备，应该为自己买一份关于爱情可能会变质的保险。这份保险就是保持经济独立的能力，因为只有经济独立，才能做到精神独立。我们才能不会完全依附于另一个人，倘若那个人将来负你，你也能够勇敢离开，非常有傲气的那种。

当然，如果爱情不会变质，那自然是幸运的。但如果爱情变质，持续多年的工作也会成为你对抗变质爱情的最大武器。

03

曾经我觉得，“我养你”是一句很浪漫的话。现在我仍然觉得这句话是浪漫的，但要加一个后缀：但我希望你也别放弃自己的工作。

什么意思呢？就是：我当然会照顾你，但我希望你能活出自我，不要因为我对你的爱而失去独立的能力。

我喜欢这样的爱情，你可以养我，我也可以让你养我。但同时，我也不放弃养活自己的能力。万一你对我不好了，我至少还能靠自己啊。

目前我心中最理想的男人是他会是我的依靠，但他不会让我完全依赖他，他会鼓励我成长。

就像我特别喜欢的一句话：好的男人会教你很多东西，他不怕你学会了就飞走。

所以未来，假如有个男人很爱你，对你说：“宝贝别上班了，我养你。”

请你一定要在听完这句话之后保持清醒，那可能是温柔最大的陷阱了。

你炫耀的真的是你努力得来的吗

01

我认识的一个女生，出生于普通家庭，父亲开长途车，母亲是打工族。这没什么问题，因为这个世界大部分人都来自类似的普通家庭。

有问题的是什么呢？这个女生特别爱攀比，喜欢装有钱人。

有一次，她去夜市买一件皮大衣，大概一千多元一件。她穿上以后，马上就拍照发朋友圈炫耀，说这是她花了几万元在杭州大厦买的。再往上翻她的朋友圈，她不是发自己坐跑车兜风的图片，就是发各种高档化妆品和名牌包包的图片，今天发一张阿玛尼的口红的图片，明天发一张LV包包的图片……俨然一副白富美的模样。

可她不过是一个月薪3000元的普通上班族，她发的那些朋友圈，跑车是她男朋友的，口红、包包是她男朋友送的；她偶尔买的价格相对较低的衣服，她也要说是非常贵的名牌……这已经不是简简单单地装的问题了，已经演变成因为极度强烈的虚荣心而开始撒谎包装自己的情况了。这种心理实在是不可取的。

和她一起去夜市买皮大衣的姑娘看不下去了，质问她："你这衣服多少钱买的你自己不知道吗？陪你一起买的人不知道吗？"

而这个姑娘自食其力，努力工作为自己创造财富，就算没有男朋友也能靠自己生活得很好。她实在不能接受这个女生爱慕虚荣的人生态度。

多大的脚就穿多大的鞋子，有多强的能力就给自己对应的生活。如果一个月只有3000元的工资，那就按3000元的标准去生活，不满足的话就去努力赚钱，然后满足自己的物质需求。

如果仅仅是在朋友圈装白富美，一是你会被人看不起，二是你也不会因为装就真的变成白富美。

02

这个虚荣的女生还信奉"读书读得好，不如老公嫁得好"的人生观点，现在仍然有人是抱着这种心理，包括有些妈妈会跟女儿说："要嫁就嫁个有钱人，从此脱贫，飞上枝头当凤凰。"

上学的时候，这个女孩因为这种思想，从来都不用心学习，她把心思都花在打扮自己和结交有钱男生上了。

毕业以后，她也不努力在工作上取得进步，反正有个三四千元月薪的工作就行了。她认为工作太辛苦了，还不如找个有钱人嫁了，那是一本万利的事情。

的确有这种女生，明明没有什么优势，还不愿意通过劳动为自己创造财富，满足自己的物质需求，实现自己的个人价值和社会价值，她们一心只想找到富二代男朋友。

我是很难认同这种思想的，我们女性的命运，难道非要靠男人才能获得巨大改变吗？答案当然是否定的，我们当然可以靠自己！

可是每个人都有每个人的选择，有些人愿意通过自己的努力，获得更好的生活，有些人想要通过嫁给一个有钱人来改变命运。

做出什么样的选择是一个人的自由，可是最后的结果也是自己一个人承担。

后来她确实认识了一个富二代，他给她买名牌包包、各种名牌化妆品，外人觉得她的小日子过得挺舒服的。但她只是交到了一个有钱的男朋友，他爱不爱她只有她自己知道。

有一次大半夜下着雨，她男朋友和一群朋友在酒吧喝多了，非要她过去。她正赶上生理期，很不舒服，不想去。她男朋友就说："朋友都叫你来，你必须来，不然我的面子往哪里搁？"

她纠结了一会儿还是去了，虽然觉得伤自尊，但这是她自己的选择，她选择自己的尊严来换取金钱。哪怕是生理期再不舒服，下着大雨再不想出门，她也得去，不然她怎么脱贫，富二代男友也许会她给甩了。

尽管她去了，可没过多久，他们还是分手了。

03

当她用自尊去换取男友的金钱时，就已经处于一个不好的位置了。那个男人对她不好，她连指责对方的勇气都没有，因为她需要通过这个男人来脱贫。这是很容易让人看不起的。

其实一个人上班赚多少钱不是重点，重点是自己有没有认真对待工作。认为自己可以自食其力的女生，在面对感情的时候就会更有底气、魅力，也更容易赢得男人的尊重。

所以，不要抱有那种堕落的思想：认为女生读书无用，工作无用，唯有嫁个有钱的老公才最有用。

要知道夫妻本是同林鸟，大难临头各自飞，也要知道靠张靠李不如靠自己。

这些话语都在教会我们，人生是需要我们自己去努力的，这个世界从来没有什么是可以不劳而获的。

麻烦你删了前任的照片，再说喜欢我

01

有朋友问我：“一个男生明明说喜欢你，可他的朋友圈还放着和前女友的合照，还有很多证明他们曾经相爱的证据，这说明什么？”

不管说明什么，都不可能说明这个男生是因为懒惰或者记性不好而忘记删除了。

如果不爱前任了，他一定会在第一时间删除朋友圈里那些他们的合照等，让自己跟过去有个了断，清理的过程就是下决心放手的过程。

如果是令人深恶痛绝的分手，可能在分手前他就已经把关于前任的一切狠狠地删除，既然再也不想看见，怎么可能还留着不删，用来气自己？

如果和前任的合照一直平静地放在他的朋友圈，说明他还爱着前任。

如果他的理由是忘了删除，这个概率真的很小。微信朋友圈又不是那些几百年才翻一次的实体相册。微信可是很多人每天睁开眼就会打开的第一个软件，你跟我说忘了，鬼都不信！

02

每个女生都希望成为喜欢的人眼里的唯一。

我很早以前有段恋情，就是因为男朋友的QQ里，还保留着前女友的特别分组而分手的。

他一边说自己对前女友没感觉了，喜欢的是我，可一边还留着前女友的特别分组，而我的QQ就淹没在他的一大堆朋友中，依然没有被划分到一个特别分组中。

我可以暂时不在乎你有没有把我单独设置为一个特别分组，但你把前女友放在最特别、打开QQ一眼就能看见的位置，我就不能视而不见了。

这样一来，我和你前女友在你心里的位置，好像通过一个QQ分组就能看出来了，这也太伤人了吧！

有次我就问他为什么还没把前女友的特别分组撤掉。其实当我这么问的时候，自尊心已经很受伤。他说他忘了。

好，我可以当你忘了，但当我提醒你以后，你出于对我的尊重，可以记起来了吧？可以动动手指去操作一下了吧？

可是他没有，可以说他是非常不在乎我了。到了这个时候，我再不和他分手，就太侮辱自己了。

看到这里，可能有男生会说："我们就是真的忘了啊，这么件小事至于这么生气，要闹分手吗？你们女生真的很小气！"

对啊，女生就是这么小气的，小气到因为喜欢你，就无法忍受你的心里前女友才是最特别的这件事。如果对你来说她是最特别的，那么抱歉，我们之间没有以后了。

我需要的是一个把我当作最特别的人来对待的男朋友。

03

奉劝各位男生朋友，如果你的心里还有前任，就别急着找下一任。如果你真的忘掉前任了，那就先清理一下你和前任残留下来的"遗物"，不管你是删掉、扔掉还是藏起来都好，别让现任看见了误会你就好。

我还有个朋友，和男朋友谈恋爱半年以后，发现男朋友的百度云盘里，全是他和前女友的聊天记录，所有聊天记录都说明她男朋友有多爱前女友。

她非常受不了，要和他分手。

男朋友就挽回她说："我立刻把它们全部删除，那都是以前谈恋爱的时候存下的，当时确实挺舍不得这些聊天记录的，但现在已经完全没念想了，删掉也无所谓。"于是他就当着我朋友的面按下了删除键。还顺便翻出很久以前的旧合照一起删除，这么做就很有诚意了。

我现在爱的是你，虽然我以前也爱过别人，但爱上你以后，以前的那些东西我都可以不要。

我朋友也因此宽心了，因为她感受到了男朋友对她认真的态度。

如果当女朋友提出“你怎么还没有删除你和前任的合照”这个问题，你还表现出不愿意删除，或者淡淡说一句“忘了”，之后又不了了之的，你叫我怎么相信，你心里真的没有前任了呢？首先你的态度就出问题了。

04

谈恋爱寻求的就是一份专属感。如果我们不能成为彼此眼中最特别的，那还做什么男女朋友，做普通朋友就好了呀！

普通朋友就不会去管你在微信里把谁设为了星标好友，不会在乎你的QQ里把谁设置在特别分组里，不会在意你的朋友圈里还有没有前女友的痕迹……

不喜欢你的人才不会在乎这些，你爱谁关我什么事？

如果男生朋友做不到在找下一任女朋友之前，认真清理一下关于前任的“遗物”，那么恕我直言，不管你以后谈多少任女友，最后你们都会分手。

女生想得都很简单：只希望我喜欢的人，也只喜欢我。如果你没有准备好只喜欢我的话，那就不要来撩我了。

男人的这四个变化，暗示他不再爱你

01

我的一个女读者失恋了，她爱了5年的男友劈腿了，这挺让人难过的。如果劈腿的对象是个陌生人可能还好一些，更令人难受的是男友爱上的那个人是女读者的朋友。

她和我说："原本我们三个经常在一起玩，玩着玩着，我的男友变成了朋友的男友？"

事情到这里已经够令人糟心的了，还有更糟心的。女读者和男友原本是同事，不仅相爱了5年，还在同个公司一起打拼了5年。

5年来，他们两个人一起奋斗，奔着两人共同的梦想前行，突然男友和她说："你不合适。"甩了她不说，也不主动辞职避个嫌，反而带着新女友来公司秀恩爱。完全不顾前任的感受，他好像忘了，前5年都是和前任一起在这个公司打拼的，公司里哪个人不晓得他们谈过恋爱。

我的读者说，她每天哭，眼睛都哭肿了。不知道为什么他要那么高调，急着把现任带来公司，生怕同事们不知道他有了新欢，完全变成了一个她不认识的人。

我问她："分手前，有预兆吗？"

她说他们是7月分手的，但是早在3月的时候，她就感觉到男友在慢慢疏远她。她一直觉得奇怪，怀疑过，也问过，但没有用。直到男友提出分手，她才知道原来他早就变心不爱她了。

02

她是多么被动啊！当一个男人不再爱你，等他来告诉你的时候，你除了接受结果，还能干什么？

如果你能早一点发现，或许自己的处境就不会那么尴尬，至少可以早一点拆穿他的虚情假意，说上一句："别演了，要分就分，本姑娘才不稀罕你这种人渣！"

所有的不爱都有迹可循，都从突然的转变开始。

如果你能早点察觉，那爱情结束的时候，你就不会太狼狈。

其实他到底还爱不爱你，细节会告诉你。

男人的哪四个变化，暗示他不再爱你？

· 突然疏远你

以前你们每天都会通电话，不管多忙，忙完以后都会记得关心对方。以前你们总在周末一起看电影，一起吃饭，和朋友聚会。以前，他还愿意经常陪你逛街。

而现在，你们之间打电话的次数减少了，约会也没有了，以前所有的习惯都没有了。

你多提了这件事几次，说要他陪你，他就变得不耐烦，那感觉好像是你不懂事老缠着他，这个时候你就要留心了，可能他已经变心。

当一个人不再爱你的时候，他曾经愿意陪你一起做的事，都会变成过去时。

· 对你百般挑剔

以前他觉得你哪里都好，现在觉得你哪里都不好。

以前他喜欢你的好性格，喜欢你的温柔、贤惠，现在他觉得你没个性。因为你什么都说好的，什么都说“听你的”。可是他忘了，曾经就是你的温柔、乖巧打动了他。

以前他喜欢你刚烈的性格，觉得你豪爽、不做作；现在他嫌弃你太豪爽，不够温柔，不够有女人味。

他会说：“别人的女朋友都那么懂得撒娇，就你强硬，就你有主见！”

可是他忘了，曾经就是你的有个性、有主见吸引了他。

……

总之当初他认为你的好，现在都成了你不好的地方。

他不爱你了，才会觉得你哪里都不好。

爱你的人，怎么可能觉得你不好？你的缺点全是他眼里的优点。

· 突然反感你

如果你的笑声在他听来已经是噪音，如果你平时讲的话他觉得很啰唆，如果你的撒娇对他来说已经没用了，甚至他还会呛你说：“烦不烦？有毛病？能不能闭嘴？”

当他对你表现出种种的厌恶之情，对你投来鄙视、嫌弃的目光的时候，那他已经变心了。

他如果真的爱你，是永远不会觉得你啰唆的。即使他嘴上说着你好啰唆，但看你的目光一定是温柔的，和你说话的语气一定是温和的。

只有他不爱你了，才会苛待你，对你的言行举止感到反感。

· 不再关心你

如果你们恋爱了一段时间，他从来都对你不闻不问，只能说明他从未爱过你。

但假如他从前非常关心你，现在态度突然变了，当你生气时，他不再主动安慰你，那他很可能已经不再爱你了。

因为他不再在乎你的感受，自然就不会安慰你了。

当他不爱你的时候，你的喜怒哀乐都跟他无关了。

从此以后，你开心也好，生气也罢，他都无动于衷了。

当你难过需要他陪伴时，他会躲得远远的。有时候你甚至会怀疑，他对你简直比他对普通朋友都不如。

这个时候你不用再怀疑了，他早就不把你当作女朋友了……

心里有鬼的男人，怎么会让你碰他手机

01

我以前的老板，从不让老婆看手机。他告诉老婆："我的手机就放在桌上，里面有很多重要的信息，不管我在与不在，你都不能看，要是看了，我们就完了。夫妻之间最起码的相互尊重和信任还是要给彼此的。"

他看老婆不吭声，就又补充一句："有些事情你还是不知道的好，看多了会给心里添堵，两夫妻容易吵架，不利于感情的良好发展。不如不看，你心里也舒坦，我们一家人也会和和睦睦。"

他老婆听完后，就真的不看他手机了，即使再想看她也忍着，为了自己心里舒坦，为了一家人和和睦睦。

我们身边有太多这样的女人，为了家庭、为了老公什么都能忍。但忍不是最悲惨的，最悲惨的是，你忍了，结果还是不幸福。

几年后他们离婚了，老板在外面有了女人，这个女人只比老板的女儿大了两三岁，还给老板生了个儿子。

当时老板的老婆伤心地问他："我答应不看你的手机是尊重你，你在外面找女人就尊重我了吗？"

做女人真的很难，你在婚姻关系内觉得老公有问题，想看看他的手机，就会被说不懂得尊重对方隐私。等你真的尊重隐私了，又保证不了自己情感顺利，连及时发现、止损的机会都没有。

02

我认识的一个女生，从不担心自己的男朋友在外面乱搞，为什么呢？因为她的男朋友把自己的手机密码、银行卡密码、家里保险柜的密码都告诉她了。

有次她男朋友设置了手机指纹识别密码，直接把女生的指纹拿过去用了。女生就说："你的手机干什么用我的指纹啊？那你开手机的时候多麻烦。"

男朋友说："一点也不麻烦，你在我身边的时候，我就用你的指纹开，可以趁机握一握你的手。你要不在我身边，我就老老实实输密码呗。"

这样的男朋友，谁还会担心他的手机里有秘密啊？他都坦诚到这种程度了，想怀疑也怀疑不起来。

女生说："刚开始和他恋爱的时候，我还想过看看他微信里都有哪些好友，主要是想看女的，但当他把所有密码都告诉我，还总让我玩他手机的时候，我突然就不想看了。”

现在有太多的男人要求女人遵守这个，遵守那个，但从不要求自己，反而随心所欲，想干什么就干什么，这样的人怎么会有女朋友呢？

两性关系中，大家所谓相互尊重、相互信任都是有前提的，前提是你能给对方很强的安全感，而能自由地看你的手机，就是你给你的另一半的安全感之一。

好的关系应该是，我有权看你的手机，但什么时候看，为什么看，那就要看我的心情了。

我妈把我养得那么好，不是来你家当保姆的

01

总有些直男会说："你们女人结婚以后，就应该相夫教子，把家里收拾得井井有条，这样才算好老婆。"

每次听见这样的言论，我都想吐血。我就想问那些人一句："我们女人来你们家，是给你们当保姆的吗？为了得一个好妻子的口碑，我们还得想办法讨好你们？难道父母辛苦养育我们二十几年，就为了这么一天？"

其实女人对做家务这种事没有太大的意见，她们有意见的是男人那种自私自利的"直男癌"思想：做家务这种事天生就是女人的职责，跟他们男人没半毛钱关系。

他们甚至会说："男人怎么能做家务呢？我可是个男人。"

好好好，你是个男人，你厉害，那你怎么不自己传宗接代、绵延子嗣啊？

02

我问过很多女人，其实她们根本就不反感做家务。甚至有些有洁癖的女人，还非常喜欢做家务，她们觉得把一个家打理得井井有条，自己会很快乐。

但她们不喜欢的是什么？是男人的强行要求。就好像洗衣、做饭这种事，如果她们不做，她们就是千古罪人，就是一个不合格的老婆。女人真的非常讨厌这种感觉。

再打个比方，就好像有朋友需要帮忙，我愿意帮你是因为我愿意，但这不是我的义务。如果你认为你的忙我必须帮，我不帮你，你就要骂我，那我就不乐意了，凭什么啊？

很多东西都是相互的，即使相爱，即使是夫妻、朋友，也不能凡事都觉得理所当然，没有谁是欠你的、天生要伺候你的，除非我愿意。

但我希望，就算是我愿意，你也不会认为那就是我应该做的！

03

那么理想的两性关系是怎样的呢？我们组成一个家，这个家需要我们一起维护，而不是我一个人单打独斗。

如果最近你很忙、很累，没关系，那我就多做一点儿。如果哪天我变得很忙、很累，你也会体谅我，说一句“老婆你好好休息，这段时间家务就由我来做吧”。

女人在乎的是男人的一种态度，是你到底把我们当爱人，还是当保姆。爱人和保姆的概念，天差地别。

如果你拿我当爱人，你就舍不得让我一个人又带娃又上班，下班以后，还得迅速赶回家给全家做饭，吃完饭还得刷碗、哄娃睡觉，最后累得连看个电视的力气都没有……

如果你觉得这不就是老婆应该做的吗？那你还真是把我们当保姆了。否则，你只会觉得歉疚，觉得自己让老婆受苦了，会想着分担一些家务活。

为什么总有女人，会在婚后说出“后悔结婚了”这几个字？可能不是因为自己的男人出轨，在外面惹是生非，而是在这个家里，女人感觉不到男人对自己的爱。我们被自己深爱的男人当成了保姆，我们在这个家的角色变成了老妈子。

我们的内心感觉不到温暖。这不是最理想的家，这是最无情的家。

其实，很多事情我们都愿意做。

那是因为我爱你，所以我愿意。但请你不要理所当然地认为，那就是我应该做的。

为什么男人总喜欢给承诺，但又做不到

01

很多女生在分手的时候都会哭着说：“他明明说过要爱我一辈子，明明说过有能力了一定会娶我，明明说过他喜欢我这样有内涵的女生……为什么最后还是变心离开我了，他还喜欢上了更漂亮的女生，还娶了别人？如果他们做不到，为什么要给承诺？既然给了承诺，不就应该履行吗？”

小然就和大家聊聊谈恋爱的时候，为什么男人总喜欢给承诺，但又做不到。而我们女生又应该以怎样的心态，去看待男人的承诺。

我收到过一个女读者小璇的来信，信里她说她不能生育，跟男朋友恋爱之初她就说明了，当时男朋友很动情地和她说：“没关系，你不能生育，咱们婚后就领养一个孩子。”

小璇很感动，内心也认定了男朋友，两个人一起打拼，同甘共苦什么的，她都愿意和男朋友一起。

他们两个人在一起3年，男朋友在这几年时间里拥有了上千万的资产，当身边所有人都以为他们会结婚的时候，男朋友突然消失一个星期，回来以后就和小璇提了分手，并且半个月后就娶了别的女生。

男朋友分手的理由是妈妈得了癌症，他妈妈想看到他结婚生子，但新娘不能是小璇，所以男朋友为了满足妈妈的心愿，不得不和小璇分手。

是不是感觉这件事就像拍电影一样？但是它比电影还真实，这确实就是我们生活中会遇到的事。明明他当初将那些动人的誓言、美好的承诺说得那么好听，给了小璇一个无比期待的未来，可经过不断努力后，发现那些都不属于她。

她这几年所经历的就是一场梦，醒来觉得很累。她和她爱过的男人同甘共苦经历许多事，最终伸出手，却发现自己什么都摸不着。

02

小璇就问我："难道不能生育的女人，就活该孤独到老吗？"

她这次分手的原因被归结到了她不能生育这件事上，因为男朋友说的分手理由确实是她不能生，但他妈妈想看见他结婚生子。

小璇想不通，为什么当初在她表明自己不能生的时候，他要给她美好的期望，说即使不会生也没关系，他们可以领养一个。如果当初他就说他妈妈接受不了不会生孩子的儿媳妇，他也希望找一个会生孩子的女人，那么小璇就不会继续投入自己的感情，也不会有后面和他一起打拼

3年、辛勤付出3年的过程。

然后我们来说说小璇的男朋友，首先他对这件事没有把握，却给承诺肯定是不对的，但我们可以试着揣摩他当时的心理，他当时也没什么钱，一个穷小子遇到一个愿意跟他同甘共苦、共同进退的女人，他内心很是感动，于是萌生了想要娶这个女人为妻的念头。当时可能他确实这么想：女生不能生育也没关系，反正现在领养孩子的夫妻也很多。

可是随着时间的推移，人是会变的。可能在后来的日子里，他事业越做越大，看见别的成功人士的家庭，都是一家三口过得非常幸福，也幻想起了有自己孩子的生活。世事无常，他也没料到自己的妈妈会得癌症，于是为了患癌妈妈的愿望，只能和小璇分手。

这些事情说明了什么？

说明了每个人在许诺的时候，都只是对当下心情的一种承诺，未来是他自己把控不了的。一个人就连明天会发生什么都不知道，他怎么可能预测到未来10年、20年后的自己会不会变呢？

所以男人的承诺，通常只是对当下一种心情的总结，这份承诺不代表永恒，虽然他用了关于永恒之类的字眼，但有效期只是当下而已。

03

我另一个朋友，18岁的时候谈了第一个男朋友，当时她来跟我说：“我爱死那个男生了，这辈子非他不嫁！”这句话她也亲口跟男朋友说过，他男朋友很感动，听完以后也说这辈子非她不娶。

毕业后两人去了不同的城市上大学，我朋友心里一直记着那个诺言，打算读完大学就去男生所在的城市，她要和他在一起，要嫁给他，做他的妻子。

可是男生呢？男生上了大学以后，由于家境不是特别好，经常兼职赚钱，一个人很辛苦。他需要我朋友陪伴的时候，却只能在电话里听听她的声音，熬不过距离和时间的男生，最终爱上了别人，爱上了一个想见就随时能见到，想拥抱就马上能抱到的女生。他和那个女生一起打工兼职，相互慰藉，最后产生了感情。

我朋友知道以后很伤心，但她没有责怪男朋友。她可以理解在异地恋的情况下，身边的人是很容易有插足机会的，这个就和远水救不了近火是一个道理。

但她还是问了我类似的话："他不是说过非我不娶的吗，为什么他还是喜欢上了别人？就因为我不能陪在他身边吗？"

是啊，回想他们18岁那年，当我朋友对男朋友说出那句非他不嫁的时候，男朋友心里是有无限感动的，他心里也会忍不住地想："才18岁，眼前的女生就把一辈子许给我了，我一定要好好珍惜她。"于是他动情地做出承诺——他这辈子也非她不娶。

那一刻男生确实很想娶她，说的话也都是发自内心的。他在说的时候甚至相信自己以后一定能做到。可是年轻的他，阅历只有那么一点点，出了学校，到了社会，外面海阔天空，会遇到什么全是未知的，生活中任何一件困难的事都能打乱他原本的计划。

就像我小时候，超级爱吃青菜的叶子，每次吃饭如果有青菜，我就把叶子吃完。那个时候我就说我会一辈子都喜欢吃青菜的叶子，拒绝吃茎。可是长大以后，也不知道从哪一刻开始，我开始吃青菜的茎，却不爱吃青菜的叶子了，曾经自己不是说好一辈子只爱吃青菜叶子的吗？

你看，一个人连自己的口味会不会变化都无法保证，又怎么可能保证永远只爱一个人呢？

04

在感情的世界里摸爬滚打那么多年后，学会总结很重要，你要在摔倒之后学会站起来，千万不要慌乱了脚步，而要淡定地站在原地，看看自己为什么摔跤，下次再遇到这样的事想想该怎么办。

只有这样，我们的爱情之路才能越走越顺。

关于承诺这件事，我们要明白承诺是有时限的，承诺的有效时限只在说话的当下。我们可以被承诺感动，但不要过于相信它。因为我们连10年后的自己会变成什么样都不敢保证，又怎么能天真地奢望对方对过去的承诺矢志不渝呢？

姑娘，希望你从今往后，学会正确对待男人的承诺，听过、感动过就好，别往心里去，因为未来还是得交给时间，而不是交给他的承诺。你要明白一切都是有变数的，而一切变数看起来都是合情合理的。

作为男人，最负责的态度就是不轻易许诺，不轻易给人期望。

什么都是我教的，最后你却是别人的

01

刚谈恋爱的时候，我们都很年轻，什么也不懂，连牵手、接吻都会脸红很久。所有第一次的感受，都是彼此给予的。

那个时候的你真的很不懂女生：看不懂我生气的表情，搞不懂我想被你哄的心情，也听不懂我说“在干什么”的意思，其实是我好想你，想听见你说你也正在想我。你更听不懂我说“我要走了”的意思，其实是想你拉住我，让我不要走，再多叫我一会儿“宝宝”。

后来相处久了，你渐渐了解我，开始懂女生的心情，我的一举一动，你都能妥当应对。

你不会再对我的不开心摸不着头脑，也不需要再揣测我的心思，因为我的每一个表情、每一个小动作，你都懂。

02

再后来，我们还是有了无可挽回的矛盾，就像电影《前任3》里的孟云和林佳。不是因为不爱了，只是我们都太倔强，忽然之间谁都不肯退让，你以为我不会走，我以为你会挽留。我们都在等对方为自己前进一步，最后却等到了分手。

我们用了很长一段时间去消化这段感情，也曾在分手的期间想过挽回彼此，想过我们还能不能重新开始……可是这个过程太煎熬了，我们做了太多的思想斗争。

最终，我们还是没能放下面子去找回对方，开始接受新的人。毕竟接受新的人是轻松的，不需要我们放下面子，也不需要说“对不起，我们和好吧”。

可在接受新人之前，我们也有一个复杂的心理过程：你不动，我不动。

如果你没有先开始，我也不会先开始。好像你不开始新恋情，或许我们就还有希望。可你一旦接受新人，我赌气也好，死心也好，决定去接受我身边的新人。

当深夜知了在叫时，当新人躺在我们枕边时，我们才学会反思，过去的我们错在了哪里。如果当初我们能够改变一下，或许过去的那段感情依然还是进行时。

我们好像在经历一次分手之后成熟了。

但我们成熟的代价是，枕边人也不再是彼此了。

03

在新恋情中，我们都表现得很好，过去在彼此身边学到的东西，都很好地用在了现任身上。在现任眼里，我们好像很完美，现任的一举一动我们都明白那意味着什么，能很好地解决新恋情中出现的每个矛盾。

我们真的越来越成熟，越来越懂恋爱中的技巧，那都是年轻的我们所不懂的，那都是曾经的恋人教会我们的。

是的，我们教会彼此如何去爱，如何通过一个眼神就读懂对方的心，如何说话把对方哄回来……可是当我们都对恋爱这件事变得不再陌生的时候，我们却说了再见。我们永远都不再是彼此的谁了。

一想到你和现任相处那么好，而那些技巧都是我教的，难免会有不甘心。

只是我们都明白，感情这东西就和撕破的纸一样，再黏合也不能和当初一样了。于是，不甘心归不甘心，我也只能接受你最后成了别人的现实。

毕竟人生嘛，没有摆渡人，哪有后来人呢？

但是希望你不要再做那个摆渡人了。

不爱我了就告诉我，千万别骗我

01

最看不惯的是一些男人处理感情的方式，明明不爱了，却不敢直接说出来，畏畏缩缩，脚踩两船。还会用一些不堪的谎言来骗旧爱，搞得旧爱既不能死心离去，开始一段新感情，又要被困在男人的无耻谎言里，走不出去，简直害人不浅。

我的读者芳芳就属于被男人的无耻谎言骗得走不出去的那种，她男朋友的谎言真的很扯。事情是这样的：

有一天芳芳在午休，她男朋友KK突然给她打电话问她在干什么，她说刚睡醒，KK就突然说以后不要再联系了。芳芳当时很蒙，不知道说什么。

后来还有一个自称是KK女朋友的女生发短信给芳芳，让芳芳别再去打扰KK和她了。芳芳不信，女生就发了自己和KK的合照给芳芳看。

芳芳很受伤，她和KK恋爱了4年，其中两年KK去当兵，她就一直等他回来。后来他去上大学，虽然两个人是异地恋，但她也是正牌女友，什么时候就成了阻碍KK和别的女生恋爱的绊脚石了？什么时候她变成了那个会打扰KK和别人谈恋爱的人了？

本来事情到这里，芳芳伤心一阵也就过去了，问题是后来芳芳和KK又联系上了，KK开始不断地说他可笑的谎言。

02

KK说，是他妈妈不同意他那么早谈恋爱，要他和芳芳分手。现在的人为了撒谎什么都可以说，连老妈都搬出来。

我们打个假设，假设是KK妈妈不同意的，那她何必找个女生假扮KK女友，还给芳芳发短信？没有妈妈会幼稚到玩这种把戏吧？他妈妈大可以直接给女生打电话叫她和自己的儿子分手。所以KK解释说是他妈妈让人这么做的，这个解释根本就不合理。

如果真是他妈妈做的，那张合照怎么解释？我问芳芳，芳芳说KK的解释是合照上的人是他表妹，可是看拍照样子根本不像表妹，两个人很亲昵的样子。

虽然也有表妹和表哥很亲昵的，但是回到上一个问题，如果真的是KK的表妹，那么这件事确实有可能是KK妈妈所为。不过我们已经推翻了这事是KK妈妈所为这点，所以合照上的女生也不可能是KK表妹。

到了这里，可能有读者说这个推断不够严谨。那么重点来了。

我问芳芳："自从你跟KK和好以后，你们的联络正常吗？像不像正常的情侣？”

芳芳说，他们是偷偷摸摸和好的，两个人根本不像情侣。她每次都是秒回KK消息，可KK基本上都是比较晚回消息的。有次芳芳给KK发微信，KK过了一个星期才回。

KK是大学住校生，他妈妈不会24小时监督他吧？如果他和芳芳重修旧好，就算背着妈妈恋爱，也不至于发条短信还要偷偷摸摸，过了一个星期才回复吧？

所有迹象表明，KK就是在学校里又找了一个女朋友。

03

这就是KK最可恶的地方了，他根本就是在骗芳芳。那个发短信给芳芳自称是KK女友的人根本不是KK妈妈，而就是KK的新女友，合照上的女生也不是KK的表妹，就是KK当时的新女友。

其实我一直觉得，感情这种事，如果不爱对方了干脆就直说，那就没有谁对谁错的问题。如果还玩脚踏两条船，同时骗多个女生，那就着实无耻了。

不爱对方了，大不了分手，不管在一起多久，大家好好说清楚，把过去的感情记在心里，以后一别两宽，只记对方的好，让坏的都成为过去，各自重新开始，大方点的情侣或许还能相互祝福。

最怕就是不爱对方了还不说，一边进行着新恋情，一边让旧爱痛苦着。旧爱不能得到解脱，陷在里面不知道发生了什么，虽然怀疑却又不敢相信，只好继续这段半死不活的感情。

这样的男人简直是在作孽，不爱别人还拖着别人，不仅阻挡别人离开，还阻挡别人去追寻新的感情。

敢爱敢恨的人是叫人钦佩的，爱的时候风风火火，不爱了也不扭捏。大家都是明白人，你说一句你不爱了，我反而容易释然。最怕你不说，心里却早就不爱我了，我得不到一个明确的答复，只好傻傻等着你。

世上总有那么些令人愤恨的男人不懂怎么处理情感，奉劝各位，真的不爱了就请大声说出来，别耽误我们女生去开始一段新的恋情，不是没有你们，我们就过不好以后的人生了，谢谢。

每个女人都有三条命

01

我的一个读者来找我聊天。她挺可怜的，为了和男朋友在一起，连大学都不读了，还和家人闹翻。

他们结婚后没几年，她生了两个女儿，老公对她不是横眉冷对，就是嫌这嫌那。

她26岁了，却连取款机怎么用都不知道。她老公比她大两岁，同样不知道怎么用取款机。

有一天老公带着她去取钱，就因为她不会取钱，就被老公羞辱，冲着她就骂脏话。

她很委屈，但也只敢憋在心里。她没有好的学历，没有工作过，生完孩子就一直在家。

她根本没底气去抗争这样的婚姻，而且在她心里，她还爱着她老公。

她问我："为什么我这么真心对他，他却这样对我？"

……

还有一回，她老公回家吃饭，让她再去买几个菜。她说不去买了，觉得够吃。她老公就生气了，脾气一上来就踢翻垃圾桶，叫她滚。

平时带孩子的时候，她忙不过来让老公帮下忙，老公经常发火，冲她吼："你连个孩子都管不好？"

孩子看见爸爸也特别害怕。

她也闹过离婚，但是老公不同意。

他们夫妻俩每个月总共才3000元的收入，还贷款买了车。

她说别买，老公非要买，买了车之后，他们每个月还掉2000元的车贷，就还剩1000元了。

她特别发愁，这一家四口，两个大人、两个孩子，每个月就1000元，要怎么用？

02

我很小的时候就听我妈说，女人的第一条生命是父母给的，女人的第二条生命是老公给的。

嫁对了人，哪怕每个月只有四五千元的工资也会幸福。

嫁错了人，哪怕拥有金山、银山也未必开心。

更惨的是，嫁错人也就算了，老公还没有钱，还把自己当大爷，动不动就冲自己的女人吼。

无能的男人总喜欢吼自己的女人，把自己的无能当成是女人的过错。

我的这位读者，无论物质生活，还是精神生活，都很惨。

她就是井底之蛙，被圈禁在生活的牢笼里。她渴望外边的一片天，但井太深，她爬不上来。她的眼前只有现实的逼仄，几乎每天，她和老公都能为了一些琐事争吵。你能想象吗？

港剧里有一句经典台词：做人嘛，最重要的就是开心！

我觉得做人可以没有钱，但不能没有快乐。

哪怕穷，也要穷得快乐。

如果一个人已经很穷了，还要过那种窝囊受气的日子，还不赶快想办法改变现状，那他就注定要憋屈一辈子了。

03

就像我的这位读者，我问她："你现在既然离不了婚，为什么不想办法赶紧赚钱？"

她说她想，但是……她的后面总会有一个"但是"出现。她还没开口我就猜到她要说什么。

她说："但是我得管孩子，没法出去工作。孩子还要再过一年才能上学，我打算在孩子上学以后再出去找工作。”

我说：“你要带孩子我能理解，但是你可以一边带孩子，一边试着在手机上找点生意做。”

现在很多妈妈都是一边带孩子，一边在手机上做微商。暂且不管别人对微商做何评论，但至少能让自己接触外界，让自己能赚到一点儿钱吧？

距离孩子上学还有一年，难道就什么都不做？每天除了管孩子，就是听老公的辱骂，然后半夜三更一个人流泪，心疼自己？

你掉眼泪的时候，你老公呼呼大睡，你的孩子还什么都不懂。你是很心疼你自己没有错，但心疼自己过后，就要学会站起来，让自己变得强大。

别让自己的眼泪白流，每一次流泪，都要让自己强大一分。

穷不是我们的错，很多人生来贫穷。命运的波折也不是我们的错，很多人注定要经历磨难。但是，向命运妥协和不去抗争，那就是我们的错！

人要活得快乐，也要活得倔强。

任何事让我们的生活过得不好了，就要想办法改善。靠发愁，靠诉苦，改变不了任何东西。

也许你的故事确实很可怜，但别让你的可怜，成为“可怜之人必有可恨之处”这句话中的“可怜”。

前面我不是说，女人的第一条生命是父母给的，第二条生命是老公给的吗？其实我们女人还有第三条生命，是自己给的。

但愿每个遇到挫折的女人都能站起来，你那么棒，一定可以的！

那个被渣男抛弃的女孩，后来怎么样了

01

每当我们听见一个女孩失恋了，就会觉得，她此刻一定很伤心。其实，她还可能每晚都躲在被窝里偷笑：太开心了，终于和渣男分道扬镳，他才配不上我！

好啦，以上情景纯属我的臆想。

其实多数女生失恋后，都不可能躲在被窝里偷笑，会哭倒是真的。即使她们清楚那个人真的很渣。比如我的一位学妹。

学妹和她男朋友老K在一起的时候，没有一个人觉得老K对她好。所有朋友都和她说："老K不好，你们在一起，我们感觉不到他爱你。"

学妹不听，她还是很喜欢老K，想和他结婚，永远生活在一起。

她说，那是她唯一一个，想用心去爱的男人。

他们谈了一年多的恋爱，两人开始策划婚礼。与其说两人，不如说都是学妹一人在忙活。从订酒店到试婚纱，再到婚房装修，选家具、挑床单等全部是学妹亲力亲为。

而老K呢，从头到尾没有提什么意见，没有采取什么行动，反正让学妹一个人去忙就好了。

要知道，不管是婚礼策划，还是婚房装修，全部都是大工程，每一个细节都要劳心劳力。

到婚房全部装修好的时候，学妹的父母出了40万元。学妹说："我不需要男方家出什么彩礼，就是想和他结婚，钱什么的无所谓。"

当老K的父母带学妹去商场买结婚用的金器时，学妹就挑了一条2000元的手链。

学妹说："我真不是要他们家什么东西，意思意思就行。"

他们在一起的那些时间，学妹还经常给老K爸妈买名牌T恤，一件就是一千多。包括老K喜欢的衣服、鞋子，学妹都会给他买。

喜欢一个人，不会在乎你有没有钱，就是想对你好。

女人爱一个人的样子，男人真的差远了。

等到他们结婚的准备都做好，只差领证、办酒席的时候，老K忽然提出了分手。

老K说："对不起，我不能和你结婚，原因是你的脾气太臭了。"

老K还说，他承担不起这场婚姻的责任，往后如果离婚，更加承担不起。

学妹蒙了。

我就想替学妹问一句："你要我呢？如果脾气臭是分手原因，为什么不早说？"

两人在一起，吵架是难免的，但我学妹自问从来不会无理取闹，都是有理说理，吵完没事了，也就和好了。

其实学妹脾气臭，根本不是他们分手的原因，真正的原因是那个渣男移情别恋了。

02

渣男3月提的分手，5月就已经带着别的妹子出国旅游了。

学妹和我说，他们在一起那么久，每次她提想出去旅游，老K都说没时间。

可她和老K刚分手，老K就带别的妹子去玩了。最过分的是，老K竟然还在朋友圈晒合照！

学妹吃饭的时候，忍不住掉下眼泪，无声的那种。

她扒着饭粒就哭了，眼泪落在米饭上，学妹实在忍不住了，在爸妈面前，在最亲的外婆面前失声痛哭。

她哭着说："我真的放不下，忘不掉。凭什么辛辛苦苦做了那么多，婚房都装修好了，婚纱都试好了，新娘却不是我了。而他和那个女的，就要住到我亲力亲为布置的家。要知道那个家里的每一件家具，都是我对未来美好生活的幻想！那里有我亲自挑选的漂亮床单，可是以后睡在那个床上的人不会是我，竟然是他和别的女人！”

学妹想不通，想找老K同归于尽。大家都劝她：“别犯傻，不值得。”

学妹身边的朋友早就说过不喜欢老K这个人，觉得他不爱学妹，对学妹不好，也不体贴。其实，如果谈恋爱的时候，周围大多数人都表示这个人不怎么样时，很可能那个人真的不怎么样。

如果你担心朋友会坑你，一个朋友觉得你恋爱的对象不好，可能是坑你，但总不至于所有朋友都联合起来坑你吧？

谈恋爱的时候是要跟着自己的心，但也要学会聆听朋友的意见。

毕竟是自己的终身大事，太多人不看好，一定有原因的。

03

学妹和我打电话的时候，还是很难过。她一直在说，其实自己也知道，老K对她的付出，根本比不上她对老K的付出。这段感情的天平，一直都是严重倾斜的。

她也说：“其实老K这个人特别没上进心，说要开网店、做生意，结果做的都是亏本生意。人不够用心，做起事来也不专心。一搞两搞，十几万就亏掉了。总之，挺没谱的一个人。”

她在说的时候，我就在想，有太多女生都如出一辙了吧。

明知道这个男人不怎么样，还是会傻傻地爱下去；明知道他不靠谱，还是会交付自己的一颗真心；明知道他就是渣男，还是甘愿做一个渣男回收机。

女生们在分手后躲被窝里偷笑，是件不可能的事了。

但我还是想说："你恋恋不舍一个渣男做什么？是觉得自己一个人过不够快乐，想让渣男给你的生活加点料吗？"

就拿我表妹为例，她老公特别不负责任，孩子出生后，连尿不湿都没给孩子换过。他不愿意做个务实的上班族，就想做生意、发大财，但做了几年，一直亏本，亏到没钱了。每个月还要找我表妹要钱，我表妹没钱，他就让我表妹去跟她爸要钱。

你们说，结婚前我表妹不知道她老公不靠谱吗？周围人早跟她说破嘴皮子了，尤其是我表妹的爸爸，也就是我舅舅。

现在我表妹后悔了，但也已经成为事实，她已经经历了痛苦，还要去解决现在的问题。

所以，在婚前就发现对象是个渣男，还能有幸分手的妹子，你们别哭！

你们就躲被窝里偷笑吧！

我笃定，那是你们赚了！

千万别在深夜思念任何人，因为……

01

有人说，我们在深夜思念的往往都是不可能得到的人，如果是可能得到的人就没必要思念，直接飞到他身边或者打一个电话、发一条短信便能慰藉思念的苦，唯有不可能得到的人才会让我们备受折磨地思念他。

茉莉爱上一个男人，每次见到他都想告诉他“我喜欢你”。她在家里演练了千百遍，在公司的电梯里预习过无数遍，可是在见到他的那一刻，那四个字便在胸口绕弯，到了嗓子眼却成了一句礼貌性的“早上好啊”，说完假装若无其事地与之擦肩而过。

她说不出口那四个字，因为她知道这个男人是有女朋友的，茉莉爱上的是一个不可能和她在一起的男人，表白晚一步就好像晚了一生。

白天她用工作麻木自己，到了晚上夜深人静、一个人的时候，心底的声音被放得格外大，她疯狂地想念那个男人，为什么不是自己先一步认识这个男人呢？

饱受恋情折磨的人最害怕黑夜，因为总有一双恐怖的手要替你撕开伤口。

02

我曾经也有很长一段时间，习惯在深夜里思念某个人，那是非常私密的时光，只有我自己知道。

我思念他，也深知我们没可能了，可还是忍不住回想曾经和他一起的点点滴滴，那些细枝末节的事他恐怕早就忘记了，可在我的脑海里还清晰可见。

思念到深处，一想到那些过往的甜蜜不会再见，他宽厚的肩膀再也依靠不到便容易哭泣。

第二天起来，眼睛红肿，我对着镜子洗脸的时候，很后悔昨晚那样哭，为了什么呢？为一个不会回来的人。

那一刻非常懊恼昨晚矫情的自己，为什么人一到晚上就容易矫情？醒来又觉得自己那么做很蠢。

从此我告诫自己，别在深夜思念任何人，因为没有益处全是坏处。最明显的坏处就是影响第二天的精神面貌，我眼睛都哭肿了，人都不漂亮了，可那个人并不会因为你为他流泪而对你多一分惋惜。

03

如果你细心观察会发现，人们很少在白天发矫情的话语到朋友圈，可一到深夜，那些泛滥成灾的情绪像冲破大坝的洪水一样涌出来，朋友圈就成了一个疏流的宝地，那些情绪全都可以宣泄在朋友圈。

可是当你第二天看见的时候，往往会觉得丢脸，然后默默删除，觉得昨夜的自己真是傻气。

曾经在网上看到一段话：他不喜欢你，你故意漂漂亮亮地出现在他身边是没用的，你送他的糖不是甜的，隔三岔五给他发“你在哪里”“在干什么”，在他眼里和售楼短信的性质是一样的。你将心思写进状态里，他是看不懂的；你哭得死去活来，他也不痛不痒；他是你的生活背景，而你是他的甲乙丙丁。

所以，任凭你夜晚多么疯狂地思念他又有什么用？你为他断了肠，他也不会知道，毕竟你只是他生命中的路人，不是吗？

做人可以难得矫情，但不能堕落，倘若长时间沉溺在深夜里，漫无边际地思念一个不可能的人，便是堕落。

借用亦舒一句话：任何一个借故堕落的人，都是不可原谅的。

好好爱自己，别再在深夜毫无节制地思念一个人了。

第三章 允许有人错过你，才能赶上最好的相遇

曾与人牵手，但没有走到最后，就像两个本以为长久同行的人，有一个中途下了车。看似遗憾，但人海茫茫，允许有人错过你，才能赶上最好的相遇。

他对你是不是真心的，看行动就知道

01

女生在感情里栽得最大一个跟头，就是忽视自己的感受而太去相信男人的一张嘴，明明那个男人让你哭了无数次，但只要他说一句“我爱你”，你瞬间就原谅他了，以前流过的眼泪也不计较了。

我的一个女读者，跟男朋友谈了7年恋爱，中间他们分分合合好几次，那年10月1日的时候，她男朋友再次向她提出了分手，刚分手3天，男朋友就带了另一个女生回家，他们还发生了关系，可是他却对我的读者说：“我心里还爱着你。”

如果这个男的提出分手后，也交了新女朋友，故事到这里我的读者最多就是感到伤心，然后痛下决心把这个人渣忘掉。但问题是这男的在这么做了以后，还告诉我的读者其实他心里还有她的，那我的读者心就乱了。

她会觉得：“你还爱我，我们是不是还有可能？其实你根本不爱那个新交往的女生吧，她怎么抵得过我们7年的感情呢？你一定有不得已的苦衷吧。”

这么一来，明明受伤的是她，她还要为这个甩了她的男人找借口。

女生就是这一点吃亏，总是太忽视自身的感受，忘了被伤害的时候有多痛，而那个负心人做了很多令自己难过、掉眼泪的事，却只要用一句“我还爱你”就能让她软下来。

难道你忘了，他前不久才和别的女人发生了关系，那个时候他怎么不说他爱的人其实是你？

02

姑娘啊，谈恋爱的时候，千万别太相信男人嘴上说了什么，要看他到底为你做了什么。他是带给你很多的欢笑和幸福感了，还是带给你很多的眼泪和不幸感？

我们必须清楚自己的感受，深知自己和这个男人在一起的时候是眼泪比笑容多，还是根本没有笑容，又或者他从没让你哭过。

只有正视了自身的感受，你才能不被男人的一张嘴骗了。

他说再多的爱你有什么用呢？最后还不是做了让你伤心欲绝的事。

他说的话可以编造，但他的行为骗不了你，你的真实感受也骗不了你。

像我的这位读者，她男朋友一边说爱她，一边却和别的女人上床，他说心里还有她，却把别的女人带回家见爸妈。

行为才是他不爱你的真相，话语可能只是为了安抚你或者用来哄你做他的备胎用的。

为什么总是有那么多女生会在感情里迷失自己，一次次被渣男骗?

不是因为她们运气不好，只是因为她们不懂得重视自身的感受，宁愿相信男人的甜言，也不愿相信曾经在这个男人身上吃过的苦头。

如果我们都能在恋爱中，给自己注入智慧和理性，其实就很容易判断自己到底要不要继续去爱这个男人。

如果真的判断不了，那就记住一句话，如果和他在一起，你从一个没心没肺、喜欢哈哈大笑的姑娘，变成了一个终日郁郁寡欢、常常流泪的姑娘，那么你一定是爱错人了。

那你一定要早点离开他，别再听他说任何一句爱你的话，那都是假的。

这样的男人，你一定不能嫁

01

看多了“鸡汤”文章，我们会知道女人一定要嫁爱你和对你好的男人。但男人怎样算爱你，怎样算对你好？这些作者自己非常清楚，读者却不一定清楚。

读者只记住了“爱你、对你好”这几个关键字，却不明白怎样的行为算是“爱你与对你好”。

有时候看文章，看见标题《爱你的男人一定舍得为你花钱》。

大部分读者读完后，只记住了标题，时间久了就会误认为，男人只要肯为自己花钱，应该就是爱自己的吧。

但她们忘了，点开标题后，文章里会说，爱你的男人，是会舍得为你花钱，但为你花钱只是爱你的其中一个证明。

这一点不能代表全部，需要我们用整体的眼光来看。

就像我们看文章，要看完全篇才能明白作者到底在说什么，而不是断章取义。断章取义就容易形成错误的理解。

如果一个男人很有钱，在你身上花点儿钱，对他来说根本不算什么。但当你需要陪伴、遇到麻烦事的时候，他却连一个问候的电话都不给你打。

这能叫爱吗？

02

记得一位女生问我：“小然，一个除了爱你、对你好，其他什么都没有的男生，是不是不能嫁？”

我没有回答这个问题，反问她：“你说的对你好，是怎样的对你好？”

我的直觉是，这个女生能问这样的问题，很大可能是因为她自以为男孩对她的好，其实根本不算爱。

她说：“我男朋友是做保险行业的，他收入不稳定，但他愿意把大部分钱用在我身上。他在我们家这边租房住，我去他那里什么都不用干。他会给我准备好吃的、好喝的，遇到我经期或平时工作累了，他会给我按摩。我不舒服会立刻带我去医院。

“我第一次去他老家的时候，我们坐火车坐了四个多小时，再倒大巴，还得坐两小时。路太远，我又晕车，特别难受。他家是平房，屋里潮，我身上起了好多疙瘩。当时他说等晚上了带我去酒店住，因为屋子太潮，被子也潮，怕我住不舒服。结果晚上他和兄弟喝酒去了，把我一人放在他家。虽然他家人都在，但第一次见面，也不熟，就挺尴尬的，我一个人在房间玩手机等他回来。他到半夜12点后才回来，还喝醉了，一句话没说倒头就睡。我给气哭了，哭了好久，他醒了之后才把我抱上床，我在潮湿的床上睡了一夜。

“现在他家那边的兄弟姐妹都结婚了，就剩他自己还没结婚。他妈身体不好，要休养，希望他今年10月能结婚，但我不想以这个理由结婚，也不想以现在的状态结婚。

“他说婚后先在我们这里租房子住，然后两个人攒钱买房子。但我们家在河北的四线小城市，工资水平低，他收入也不稳定。现在我们付了首付之后，每月还贷就要还4000元，我觉得压力好大。他年纪比我大，结婚后他家肯定会催生，这样一想未来的生活，真的觉得好累。”

03

你们觉得她男朋友真的如她所说，是除了爱她、对她好，其他什么都没有吗？

让我来给大家梳理一下。

首先，她所谓的男朋友对她好，是男朋友大部分钱用在她身上。并且她去男朋友家什么都不用干，还有吃有喝。她不舒服，男朋友还会给她按摩，带她上医院。

但是，她男朋友在她经历了6个多小时的车程，吐到崩溃，来到他的家乡后，把她一个人丢在家里，自己和朋友喝酒去了。第一次带女朋友回家，又不是兄弟有难不得不去，难道不该留在家里陪女朋友和家人，让他们相互了解下吗？他甩手就走，嘴上说得很好，房子、被子太潮，晚上带女朋友去酒店住，实际行动却是另一回事。

我觉得，但凡一个有点儿脑子的男人，都不会在第一次把女朋友带回家，就自己出去喝酒喝到半夜才回去吧？我就不说他这行为是不是不爱女朋友的表现了，但足以说明他情商很低，连最起码照顾人心情的能力都没有。

女朋友第一次来家里，他家庭环境就不好，女朋友都起疙瘩了，他还能往外走，这说明他就不是一个心细的人。

其实这位女生自己的话也是矛盾的，她真的觉得男朋友对她好又很爱她吗？

如果她真的这么觉得，就不会跟我说那么多了。她说的那些话，就是她认为她男朋友其实不够爱她的证明。

女生是很没有安全感的。其实这位女生，她只是通过男朋友表面的行为，他愿意给她花点儿钱，偶尔照顾她一下，她就觉得男朋友是爱她、对她好的。

但其实，作为一个家庭条件差、自己又不上进、不会赚钱的男人来说，他再没点哄女人的本事，那就真可能要打一辈子光棍儿了。

女生问我，她到底要不要嫁，该不该嫁。

她心里其实不愿意的，但就是下不了决心，一想到男人对她的那点好，就犹豫了。

为什么我单独把这件事拿出来写？因为有很多姑娘都有共性：她们搞不清到底要不要嫁这个人，到底怎么判断能不能嫁。

如果你对这段感情有困惑，感到犹豫，那么不要急着答应你们的婚事。

好好去想一想，你想要怎样的人生。如果和他结婚，他带给你的生活，会是你想要的生活吗？如果答案不是肯定的，那么请你一定慎重思考。千万不要对方逼急了你就嫁了，更不要用赌博的心态，想说结就结吧，希望会幸福这样的心态。

因为，很容易输的！

希望你们看完文章后，可以好好思考一下。

如果看完一篇文章，仅仅只是阅读了，那只是把我的思想强行灌入你们的大脑里，但你们未必能够吸收。

只有你们自己认真去思考过了，并且把我的话结合自己的实际去分析判断过了，才能将这思想转变为自己的。判断我的哪些话对你有用，这样才能真正对你起到帮助的作用。

这也是我用心写文章的目的，希望能给你们带来一点有用的价值观。

所以怎样的男人，你一定不能嫁？你心中有答案了吗？

我的答案是，当这个男人给不了你想要的生活时，就不要勉强自己嫁给他。因为勉强，就容易后悔。

我什么时候结婚和你有关系吗

01

遇到单身的人，很多人爱问：你怎么还没谈恋爱？你怎么还不结婚？是不是嫁不出去啊？是不是眼光太高啊？哦，我知道了，你是不是不婚主义者啊？如果遇到已经结婚的，很多人又会问：你生小孩了吗？怎么还不生啊？

结婚好几年了吧，孩子总要生的嘛，你不觉得寂寞啊？

如果遇到已经生小孩的，又有人会问：什么时候生二胎啊？二胎跟谁姓啊？哦哟哟，第一个跟你老公姓，第二个跟你姓好了呀。哦对了，你第一胎剖腹还是顺产啊？顺产的呀？那你二胎赶紧生呀，第一胎顺产的话第二胎最容易生了。

……

其实我不是抵触以上这些问题，我抵触的是逢人就被问的一种状态，还有在被问的时候，对方还会把他们个人的思想强加在我身上的行为。

如果全世界只有一两个人跟我聊这些话题，我可以很耐心，当作聊家常一样和他们谈谈心，交流一下感受。但现在的社会现象是，逢年过节被七大姑八大姨问一遍，路上偶遇被问一遍，一年四季，不知道有多少次被人问及以上问题。

请问我一共要答多少遍？干脆大家约个时间，坐在教室里一起举手问我这些问题吧，我也好痛痛快快一次性作答。

02

被问得多了，我还发现一个秘密：有的时候，某些人在问这些问题时，内心是很空洞的，他们并不关心这个问题的答案，也并不真正关心你有没有遇到心爱的灵魂伴侣，也并不真正关心你现在还不生小孩，是有什么顾虑。

他们问你不过是一种社交方式，只是遇见了，作为一种闲聊的手段，一种习惯性的对话。这挺让人反感的。

那么什么时候问这些问题，我不会反感呢？

首先，我们这次的遇见不是匆匆一个照面，不是仅仅为了客套寒暄，是你真的在关心我，想和我交流，我们能有一个完整的时间坐下来，谈谈彼此的近况。

这个时候你问我“什么时候生二胎，有这个想法吗？会不会觉得很累”等问题的时候，我都不会反感。因为我感到这是有意义的，你是给了我时间去思考的，我会认真地回答。在回答的同时，也是我对自己内心深处想法的一种梳理。

其实，那些问题本身不会让我不舒服，让我不舒服的是，那些本该认真对待的问题，却被人随口问出。

有些问题是需要坐下来好好聊的，就不要在一两分钟的照面里强硬完成。

或者周围有很多人在场，大家心知肚明，这不是说心里话的场合，那还有问的必要吗？即使你问了，我也不会好好回答。

03

普通的相遇，我喜欢用最普通的方式去进行社交。大概是怎么样的呢？就是相遇的时候，微笑打个招呼，简单聊几句。

“最近好吗？”“挺好的。”

“吃饭了吗？”“吃过了。”

然后我们一笑而过，简简单单，舒舒服服。既完成了社交，也让彼此感到一股暖意，并没有产生任何怠慢对方的感觉。在这种时候问太多，反而不会有好的效果。

我这个人对待问题和事情是很较真的，所以我很难“佛系”，特别是在处理问题上面。

我有很多自己的想法，可能就是因为我的较真和想法，我才能写公众号，什么都很随意的人，怎么写公众号呢？因为他们的心态就是无所谓的，什么都无所谓，只要一句无所谓，所有思想就会自动停止，自然写不出更多的文字。

但我不是，我尊重自己内心的感受，我在意与人交往中大家的态度，是随意还是认真，我会去判断。

我永远喜欢有分寸的人，他们总会在适当的场合讲适当的话，永远不会在一个不恰当的时机，问你一些让人听了就想翻白眼的问题。

希望你做一个有分寸的人，谢谢！

深爱你的人，怎么会因为这点破事和你分手

01

很多人都觉得两个人如果没有共同兴趣，就没法在一起。比如你喜欢看的书他不喜欢，你就没法跟他聊书里的故事；他喜欢的游戏你不懂，你就没法陪他打，你们在游戏这方面也没话聊。但当你喜欢他，他也喜欢你的时候，仅仅因为你们没有共同兴趣，就没法相处下去了吗？还真不一定。

像我跟我老公，真的没有太多共同兴趣。我喜欢看书写字，他喜欢手串等文玩，他不懂我写的东西，我也不懂他玩的那些绿松石、南红，但我们还是在一起好好的，为什么两个兴趣爱好截然不同的人也能和谐共处呢？

我想了想，有一点非常关键，就是我们虽然有各自喜欢的东西，但互不干涉。我不会强迫他一定要喜欢我喜欢的东西，他也不会强迫我喜欢他喜欢的东西。

其实两个人在一起，有不同的爱好很正常，我虽然对你的爱好不

是很感兴趣，但我也会表示尊重，因为尊重就是与人相处之道中的上上策。

我从来不烦我老公整天把玩那一颗颗珠子，有什么好烦的，他又不是把生活重心全放在那上面，那是他的兴趣，一个人有兴趣挺好的。通常他把玩手串的时候，我就在一边看看书。虽然我们各自专心做着各自的事，但我们在一个空间，也是一种默契的联结。

02

两个人在一起，如果相互干涉太多，那么彼此的关系就会出现裂痕。

我认识的一对情侣就是因为这个原因分手的。女生很爱唱歌，动不动就拉她男朋友去KTV。男生本身唱歌不好听，也不喜欢唱歌，每次陪女生去都觉得很无聊，去的次数多了就直接表达不想去，两人为此产生了多次争吵。

男生喜欢踢足球，一到周末就约朋友去踢球，女生刚开始也会去看，但时间久了她就希望男生可以把周末留给他们两个人过二人世界，别总是去踢球。

一来二去，男生因为不想陪女生唱歌心里有了疙瘩，女生因为不想陪男生踢球心里有了疙瘩。最后两个人分手的时候，彼此一致认为是双方兴趣不合导致的分手。

其实我觉得兴趣合不合是重要，但也没那么重要，谁规定两个人在一起就必须爱好完全一致，还不许别人有点儿体现个性的东西了？

两个人在一起，可以有不同的兴趣和爱好，只要做到相互理解就行。如果你真的不喜欢我喜欢的东西，那我就找和我有共同兴趣的小伙伴一起玩，这样既能满足自我需求，也不会勉强你。

03

这里我还要特别强调下，有没有共同兴趣和有没有共同话题是两回事。

没有共同兴趣只能说明你们在各自感兴趣的领域中无法聊到一起，但不代表你们的生活中就没有共同话题了。

我和我老公，虽然我们各自最喜欢的东西，对方都没有很喜欢，但是我们是有共同话题的。不聊各自的兴趣，我们可以聊兴趣以外的东西，比如你理什么样的头发会更好看，穿什么类型的衣服会更合适……我们会聊这些，聊生活里所有能聊到一起的细节。

就像上面那个故事的男生和女生，一个喜欢足球，一个喜欢唱歌，就因为兴趣不同聊不到一起就分手了，不是很可惜？我就不信除了踢足球和唱歌，他们就没有话题可聊了？

所有会因为兴趣不合或者没有共同话题就分手的情侣，也是真心爱得很浅，因为深爱你的人舍不得为了这点破事跟你变成陌生人！

嫁错人了怎么办

01

你们知道吗？我有个同学因为情路不顺，居然特意去算卦！她想看看自己的真命天子到底什么时候会出现。

算卦的人说她运气好的话很快就会遇到，她听了很开心，觉得自己马上就要坠入爱河了。可是后来她问我，算卦的人只告诉她年底有可能遇到，但没告诉她能不能和这个遇到的男生顺利结婚啊，也没告诉她结婚以后会不会离婚，能不能顺利过完一辈子，最后她还是很迷茫。

所以啊，算卦的人说的话只能当作一种安慰，你不能真的去相信。到底你遇到的那个男生好不好，你们的三观合不合适，还是要靠你自己去判断的。如果你判断错了，嫁给了一个人渣，那就算你遇到他了又怎么样呢？最后受伤的还是你自己。

所以姑娘们，与其去算卦，不如好好想想什么样的男人是绝对不能嫁的。

02

小璐就曾经问过我："什么样的男人绝对不能嫁？"我说了好几种，有暴力倾向的人，不孝顺父母的人，人品极其恶劣的人，没有爱心的人，花心的人等。

她给我做补充，说我还漏了最重要的一种男人，那就是"靠赌吃饭的男人"绝对不能嫁！

为什么？靠赌吃饭的男人没有正经工作，他们的日常工作就是每天睡到日上三竿，吃口饭就去赌场混了。运气好的话赢个千把块，运气不好的话输个倾家荡产也是常事。这样的男人不仅给不了人安全感，还会让人感到恐怖。

小璐说这还不是最恐怖的，最恐怖的是他输光了钱以后去借高利贷，高利贷是人能借的吗？利息多贵啊，分分钟能把一个家庭弄得支离破碎。

小璐的老公就去借高利贷了，高利贷的人来追债，把他们家的大门都泼上了红油漆，她老公吓得都不敢回家。最后还是家里的老人把毕生积蓄拿出来，加上小璐前几年工作存下来的钱，才还掉了巨额赌债。别人一辈子的积蓄，她老公几秒钟就输出去了。

还债之后，他们家一贫如洗，而她老公在放高利贷者拿到钱离开后，又起了想要找人借钱翻本的心，太可怕了！

所以靠赌吃饭的男人能嫁吗？绝对不能！

其实不只是靠赌吃饭的男人不能嫁，所有人品有问题以及对你不好的渣男都不能嫁！

那如果不小心嫁到渣男怎么办，是不是一辈子就算毁了？ 绝对不是。

03

小璐在帮她老公还完赌债之后就着手离婚的事，不但脸上没有很消极的表情，反而神采奕奕。她觉得既然事情已经发生了，哭也没用，这个老公不靠谱那就换一个，日子还是得继续过。

她还说，那些被老公输掉的钱她都不计较了，就当用钱财看清了一个男人。她觉得自己还是幸运的，也算止损得比较及时了。

小璐的心态算是很好了，我觉得做人就应该这样，就算遭遇再大的不幸，也要抱着至少人还活着就该感恩的心态。

有些女人以为嫁错了男人，自己的这辈子就毁了。其实真的不是，做人就要想得通，嫁错人无非就是一次人生经历，相当于你面前摆了个火盆，只要你跳一跳，也就跨过去了。如果你看着那个火盆始终不敢跳，那盆中的火焰只会越蹿越高，到了后面你就更加不敢跳了。

人生嘛，没有谁是一帆风顺的，遇到渣男也好，遇到悲惨的事也好，一定记住，经历之后，你会拥有更好的生活。

所以说，女人就算嫁错了男人也是能离婚的，你的一生没有这么容易就被一个烂男人毁掉。

但重要的是，你要有离开渣男的决心和魄力，并且在离开他之后，好好规划自己的未来，一次错了，可不能再错第二次，必须把未来的日子努力过得更精彩。

当然，我更希望你不会遇到渣男。

我怎么会那么空虚啊

01

你们有没有过这种感受？本来一个人活得好好的，突然有一个人出现在你的生命里，就把你的节奏全部打乱。

本来的你该工作就工作，该吃饭就吃饭，晚上躺在床上吃吃零食、看看美剧，困了也就睡觉了。没有什么牵挂，内心很平静。可是有一天你遇到一个人，也不知道是哪一刻，那个人就触动到你的心了。

你工作的时候会想他，吃饭的时候也会想他，连睡觉的时候，你闭上眼睛了，脑子里也全是他。但问题是，你跟他也没有很熟，甚至都没说过话，只是打了几个照面而已。

于是你风平浪静的心变得躁动，好像做什么都没法像以往那么正常地去做了。你很难受，觉得心里空落落的，这一切全都是因为那个人。

02

小梦就遇到了这种情况，她有一段时间每天早上坐地铁都会遇到一个男生，那么多人，偏偏小梦三番四次遇到他。他经常出现在她附近，小梦有时候会故意走在他后面，看看他到底是走向哪栋大楼。

有一天小梦发现，那个男生工作的地方居然和她在同一幢楼，而且就在她的办公楼的下面一层，她既紧张又惊喜。

以前小梦没注意到他时，从来不会在乎几点出门，坐几点的地铁，几点吃中饭，几点下班回家。现在的她，每一个时间点都会掐算着，就为了能够遇到那个男生。

可是好像小梦越刻意，就越遇不到他，每次走进地铁，小梦左看右看没有发现他的影子，就会特别落寞。

她的每一天都过得此起彼伏，地铁上如果没有遇见那个男生，她就会盼望着自己能在公司的电梯里与他相遇；电梯里没有遇见，她就会盼着吃中饭的时候在食堂遇见他；要是食堂里还没遇见，小梦就只能等下班了，这是一天中最后一个可以看见他的时刻。要是再不遇见，小梦这一天就算过得很糟了。

盼着偶遇一个人真的太煎熬了，为什么没有注意到他时，我们从不感到煎熬？可是注意到他后，每一刻都那么难熬，我想这应该就是喜欢上一个人的感觉吧。

03

以前有人问我：“喜欢一个人是甜的还是苦的？”可这个问题的答

案不是唯一的，喜欢一个人可以是甜的，也可以是苦的。

当我们喜欢上一个人的时候，我们心里也就多了一份甜蜜，这是我们单身的时候从未有过的感觉。可是对那个人的思念是苦的，因为你看不见他，也不知道怎样联系他。

这实在太苦了，以前一个人也能过得很充实的你，在遇见他以后，终于变得空虚了。

希望你能早日回归那个充实的自己，也希望你爱上的那个人也期待每天遇见你。

有多少黑名单，都曾相互说喜欢

01

你们有没有发现，深爱过的人分手后，往往很难再做朋友？不是不想做，是很难做，连普通朋友都做不了。有些人是因为只要再多看一眼就想再拥有，有些人是因为分手的时候被伤太重，下定决心要把那个人忘记。更多的人是因为曾经深爱，分手后不知道该以怎样的心态去面对那个人。或许就是因为不知道怎样面对，才会选择连朋友都不要做了。

米粒和男朋友分手后，互删了微信，米粒很想他，忍不住又把他加回来，加回来以后她时不时跟他说说话，但他从来不回复。

米粒问他："你为什么不理我，你是不是很讨厌我？"他终于说话了，他说："我不讨厌你，甚至很想和你继续在一起，但分手的时候你已经说得很清楚了，你爸妈接受不了我，你也没法说服他们，我们只能分手。既然这样，我们就不要相互折磨了。"

之后米粒再发微信给他，收到的就是"消息已发出，但被对方拒收了"，是的，米粒被拉黑了。

曾经多少人都和米粒一样，和一个人相互说着喜欢，最后却因为种种原因不能在一起。做不了爱人，似乎也做不了朋友。因为彼此做朋友的话心会痛，会想要拥有，唯一的选择似乎只剩下变成彼此人生中的陌生人。

02

我一个女生朋友，脾气非常火暴，常常对她男朋友发脾气。她男朋友是个脾气非常好的人，不管她多么无理取闹，男朋友都随她去闹，闹完以后都会尽力哄她，有时候明明是她不对，男朋友还会道歉，希望她能原谅自己。

他们在一起3年，女生曾对我说，她觉得世界上没有人再会像他这样包容她了，她无法想象离开他的日子，连她爸妈都不会这样宠她。

就在某一个晚上，女生和朋友聚会，聚会上来了几个非常有钱的人的妻子，相互攀比之下，女生有点不开心，觉得别人的老公有钱有势，她的男朋友除了什么都依着她，好像什么都没有。

那天晚上女生喝得很醉，醒来以后不知道为什么躺在了一个陌生男人的床上。她只记得昨晚心里有点埋怨男朋友，但从没想过要背叛他，她赶紧离开回家，可是这件事还是被她男朋友知道了。

她男朋友哭了，第一次在她面前流眼泪，他说什么都可以忍受，唯独这件事不行。于是他们分开了，女生没有挽留，不是不想挽留，是没脸挽留，她很内疚。

分开后的一个月，女生在晚上斟酌了很久，才给他发了一条微信。她想问他最近还好吗，可是没想到，收到的却是“消息已发出，但被对方拒收了”。

无论她多后悔，他们都回不去了，因为曾经深爱过，所以被伤害的时候，才会格外疼痛。可能只有从此再也不见，才能有助于伤口的愈合。

她和我说：“我错得最离谱的就是那个喝醉的夜晚做的事，比起不知道怎么就跟别人睡了，我更恨自己为什么会因为别人的攀比行为，在心里嫌弃了他，其实他给我的包容是任何人都给不了的。”

03

有多少微信黑名单，都曾相互说喜欢，都曾有过无数的甜蜜回忆？可是人好像就是这样，甜蜜的时候，就会得意忘形；拥有一件东西的时候，总会渴望另一件东西；等失去以后才发觉，其实本身拥有的就已经是很难能可贵的了。

直到现在，我也偶尔会对身边的人和事感到不满，过后又会觉得自己好苛刻，其实那些人做得已经很好了，哪里又有什么完美。

有时候我会觉得是天秤座的本质在作祟，我对什么都要求尽善尽美，最后把自己搞得很累，也把别人搞得很累。现在想想自己当初做的事真是多余，也正是这份“多余”，才会让曾经那么重要的人，和黑名单挂上了钩。

人生一辈子挺短的，我是真的想要抓住生命中精彩的每一个部分，不想被遗憾填充了人生。

而在所有的遗憾中，最遗憾的就是我还爱你，而我们却注定这辈子只能当陌生人。或许只有当爱被珍惜的时候，人生才会少一点儿遗憾吧。

愿我们的世界都能少一点儿遗憾，多一点儿甜蜜。

谈恋爱的时候，快速回对方微信有多重要

01

很多人给喜欢的人发微信，会有莫名的期待：你可以不秒回消息，但不能叫我等太久，等太久的话会焦虑、会不安。

给不喜欢的人发微信，就不会有这种感受。因为不在乎。没太大关系的人，就算对方不回我的消息，我也只会说一句“这个人真没礼貌”，但心里不会难受。

所以如果你是我喜欢的人，我给你发微信，你可以不用秒回，但我希望你在忙完手上的事后，不要去刷朋友圈，先看下有没有我发给你的消息。

02

女人是需要获得很多很多安全感才会感到幸福的。

谈恋爱的时候，男朋友回微信的速度，决定了我们能获取多少安全感。

这个时候，我们不讲什么理性的东西，说什么安全感都要自己给自己，女人只有自己强大了，才是最大的安全感。

我们只讲谈恋爱的时候，女人会变得脆弱，哪怕是事业心再强的女强人，也会渴望自己爱的人能够在看到自己的微信时，第一时间回复。

03

以前的人们总说，女人是水做的。

作为一名“90后”，我觉得这说法老掉牙。可是老掉牙的东西偏偏很有嚼劲，仔细咀嚼会发现这句话还是很有道理的。

就好像“好记性不如烂笔头”这句话都被人说烂了，很多人说的时候都跟小和尚念经似的，念是念了，可有多少人是真正听进去，然后身体力行的？

我以前也总是听长辈嘴里说着：“女人都是水做的。”听是听进去了，也听厌烦了，却从没分析过。到了自己谈恋爱的时候，才真正明白这句话的意思。

为什么说女人都是水做的？有些男人总抱怨女人态度不好，不是太凶，就是太作，但其实，女人的态度完全取决于男人的做法，就好像水的形状完全取决于装水的容器一般。

你给了我温暖，我就会赠你一份灿烂。

你给了我冷漠，我就会赠你一座冰山。

难不成你还想让我热脸贴你冷屁股？

04

所以，男同胞们，谈恋爱的时候，请你们一定记住：女人都是水做的，没有融化不了的冰山，只有不懂怎么融化的你。

我也不提倡收到女朋友的微信，你们男人就必须秒回，那不合理，也不是一个大方、懂事又得体的女朋友会做的事，但我们要的是你们良好的态度。

有一位女读者跟我抱怨她男朋友和朋友出去玩，玩到很晚还没有回家，她就给男朋友发微信，问他什么时候回来。结果男朋友迟迟不回，都凌晨了也没个反应。他们才刚谈恋爱，他就这么不让人省心。

你说做了这种男人的女朋友，有几个人能真的感受到安全感的？

你可以和朋友出去玩，但玩到什么时候记得和我说下，因为我会担心。

你可以和朋友出去玩，如果你忘了跟我说你要玩到多晚没关系，只要记得回我的微信就好。

谈恋爱的时候，女人的安全感有多少，就看男朋友对待我们的态度怎么样。

从今往后，别让喜欢你的我等太久了吧，我不想当一个只会捧着手机等你消息的人，更不想当一个因为没有安全感、变得疑神疑鬼的人。

虽然我知道，我不会因为没有你就活不下去，但我就是想告诉你，我们谈恋爱的时候，你记得回我微信有多么重要。

别等了，他不会回你消息的

01

我们常常会爱一个人，爱到失去我们本来的样子。比如说，本来你每天都很快乐，没有体会过爱情，也不懂什么是伤心。没有一个人可以让你思念，便没有一个人能令你痛苦。

本来你过得自由自在，想干什么就干什么，但那个人出现以后，你得看着他的眼色行事。因为你爱他，在乎他，他的一言一行你都会特别在意。

他不想让你做的事情，你是绝对不会做的，你怕他生气离开你。

每天晚上你都早早地躺在床上，等着他的短信。其实也不是只有晚上才等他的消息，基本上是你一整天都在盼着他能给你发一条消息。

出现以上这些状况的时候，真的蛮心酸的。

你对他的爱，远远超出了他对你的爱。

你把手机捧在手心里，到哪里都带着，就怕自己没能第一时间看见他的短信。而他也是手机不离身的，但他并不是为了等你的消息。可能对他来说，打游戏都比跟你聊天更有意义。

02

其实好的爱情，在遇到之后，我们真的可以感觉到自己会变得越来越好，无论从哪一方面都是。

首先我们的笑容肯定会变多，因为自己被爱着，也在爱着一个人，心里满满的都是爱。

如果你在恋爱之后，反倒是眼泪变多了，情绪变得低落，你就应该慎重思考一下：是不是这段爱情不适合你？

我曾经有段时间，经常捧着手机，盯着屏幕，来回滑动着我和某个人的聊天记录。其实那些聊天记录我已经看过几百回了，也早都看烂了，只不过我觉得那样刷着屏幕，就好像能刷出一条新弹出来的消息。我这样，就只是在干等着那个人的消息而已。

尽管他可能根本就不会回复我的消息。

喜欢一个人的时候，傻就傻在，你明知道你们不可能在一起，还是要执拗地等待他的消息。

其实你什么都清楚，就是不死心。

03

作为过来人，我蛮心疼那些明明已经受到很多伤害、还是不肯回头的姑娘的。

有的时候，看见一些粉丝的来信，我很想安慰她们，叫她们不要难过，但往往最后都是把她们臭骂一顿。

因为我觉得她们何尝不知道再爱下去是不对的，她们心里肯定清楚有些感情没有结果，喜欢的人的终点肯定不会是她们。

所以我要骂她们，宁愿她们怪我言辞过于苛刻，也不希望她们因为我的几句安慰而更加沉溺其中。

如果你爱上一个连你的消息都不会回复，要你一直一直等他的人的话，就早点撒手吧。

那句老话你们一定听过：抓不住的沙就让它流了吧。

不属于你的人，这辈子都不会属于你。或许你在等那个人的消息时，也有人正在等着你的消息。

该了结的时候及时了结，不放弃就不会知道真正适合你的感情会在哪一刻忽然降临。

放弃即是获得。放弃一段很烂的感情，就是获得了一个能够遇到好的爱情的机会。

所以啊，姑娘们，别再痴痴地抱着手机等一个人的消息了，他不会回你的。而那个能够回你消息、珍视你的人，他会在你学会放弃后，很快出现。

别等到失去，才知道后悔

01

有些人恋爱的时候无所顾忌，伤了对方也浑然不知。如果正巧爱他的人，是个十分隐忍的姑娘，明明内心很受伤，表面看起来还一脸坚强，那么他可能永远不会知道自己说的话到底有多伤人。

我开过一个话题讨论会，问大家："你听过最伤人的一句话是什么？"有位女粉丝的留言特别扎眼："我说我怀孕了，他回复我：'也不知道是谁的野种。'"

想想看要是你怀了一个男人的孩子，带着紧张和期盼的心情告诉他这个消息，多希望他能和你一样兴奋喜悦。然而他的回应却是寒冰彻骨的，如刀子一样扎你的心，还有比这更绝望的吗？

有的时候，一句话就能给一个人造成很大的伤害。所以永远别低估语言的杀伤力，永远别对爱你的人使用语言暴力。

你有没有想过，为什么世界那么大，每天你和那么多人擦肩而过，偏偏遇见了她，和她擦出爱情的火花？

能让一个和你没有血缘关系的人爱你不容易，如果你有幸遇到了，就好好珍惜。如果你真的不爱她，那就把话说清楚。

感情的事，不爱就是不爱，谁也不能强求。千万不要一边享受她对你的爱，一边又辜负人家。

02

还有一部分人，是在失去一个人后，才开始真正在意那个人。

有位男粉丝在微信里私聊我说他女朋友决意和他分手，他想挽回，问我该怎么做。

他给我看了一些他和女朋友的对话截图，女生提出了分手，原因是男生在交往的过程中，总是动不动就说一些特别伤人的话，说完了自己痛快了，就要求女生原谅他。

可听的人也没有特异功能，要是入耳的刺说拔就能拔的话，世界上就不会有那么多因为一言不合就从此陌路的情侣了。

男生挺难过的，一直试图挽回女生，纵使他“对不起”三个字说得非常诚恳，姿态放得非常低，女生也很难迈过那个坎儿，假装什么都没听过了……

03

同样的，好朋友、亲人之间也不能随意说一些伤人的话，有些话不经脑子就说出口，那它们的威力是不容小觑的。

我知道很多人生活压力大，有一堆糟心事，脾气来的时候会特别火暴，总是控制不住自己的嘴，一开口全是刺，说完之后，才意识到把人伤了，于是开始内疚，想要收回说出去的所有的话，和对方各种示好，想要弥补自己的过错。

这就像你把一张纸撕碎了，还非得自欺欺人拿胶水去黏合，黏好了又怎样？它也不是当初的那张纸了。

我以前也受到过一个朋友的语言暴力，当时就想："天啊，你怎么说得出这种话，你误解我也就算了，但你这么说真的不怕我难过吗？那么多年的友情，你就是这么看我的？"

过了段时间，她跟我道歉了，虽然我嘴上说着"好啦，没关系，反正都过去了"，可我们总归有些不一样了。

我是原谅她了，但实际情况是我总会在不经意间想起她曾在误解我时说话中伤我的样子。

你们说我记仇也好，小心眼也好，但这个是事实，我不可能真的像抹去记忆一样，将我们的关系还原成当初最美好的样子。

那时候，我才发现有些话真的不能说，说了就是一辈子的缺口，总会时不时地流进一点沙子来。

04

有个朋友在分手后找我大哭一场，她说自己还爱他，但必须离开他。

因为某个喝过酒的夜晚，男生和她说了一句：“他们都说你跟我在一起是看中我的钱，我觉得也是。”

第二天男生可能隐约间记得自己说了这句话，就跟女生道歉。或许是因为他真的内疚，就对女生更好了，也有意无意地表达了自己相信她不是那种拜金女。

起初我朋友也试着说服自己接受他的道歉，后来还是失败了。就算他道歉了又怎样？他自己亲口说的，他也和别人的看法一样，认为她和他在一起是因为他的钱。

这个时候男生不管说什么，女生都会觉得“不，你嘴上这么说，心里肯定还是觉得我和你在一起是因为你的钱”。

我朋友就提出了分手，男生怎么挽回她都不回头。她说她可以不管别人说什么，是怎么看她的，但是她在乎的是男朋友的看法。

她希望找到的爱人是能够欣赏她、懂得她的好，而不是将她看成一个市侩小人。

这件事就说明他不了解她，也不信任她。

说话真的是一门学问，能不能控制自己的嘴，知晓什么话能说，什么话不能说，就体现了一个人情商的高低。

就算你真的认为你的女朋友有不好的地方，也请你在三思之后再表达，因为很可能你的想法是错误的。

所以朋友们，不要因为一时冲动想说什么就说什么，很多原本可以地久天长的感情，就是被说没的。

真的不想因为你的一时口快，让我们错过彼此。

不要在深夜找喜欢的人聊天

01

每当夜深人静一个人的时候，最容易思念泛滥成灾。很多人都会想起心底里那个喜欢了很久的人，那种牵挂的心绪会不可抑制地萦绕在心头。

夜深人静一个人的时候，也是一个人最容易感性、最容易说一些矫情的话，发一些矫情的朋友圈，做一些可能在第二天醒来就会后悔的事的时候。

譬如，在更深露重的夜，也许你会给那个明知不可能在一起的人发一条长长的微信，告诉他你从未忘记过他。又譬如在更深露重的夜，你翻看昔日的照片，忍不住在朋友圈发一段话：当爱已成往事，我将永远把回忆留存，而你或许早已忘了吧。

独自一人的晚上充满了孤独，人们理智的一面最容易被感性的一面同化。

02

我每天都会看公众号后台的留言，仔细留意时间，发现很多人的倾诉都在深夜一两点，甚至更晚。

有一次我早上5点就醒了，看见一位读者的留言，她说心里始终放不下一个人，我先是对她说："早上好啊，你醒得真早。"接着回复了她的心情。

没想到她告诉我说她根本不是醒得早，而是一夜没睡。聊了之后发现，她经常这样失眠到天亮，全部是在想那个人。

我想很多人在深夜的时候，总是久久无法入眠，不是因为患有失眠的毛病，只是因为心里装了一个不可能在一起的人，所以才会有那么多的辗转反侧、夜不能寐的时刻。

我们都希望能理智地面对自己的感情，往往却败给了那漫长深夜里无穷无尽的孤独。

03

后来那个读者告诉我，她做过的最后悔的一件事，就是在某一个失眠的夜晚发短信给那个男人。结果被那个男人的现任女友看见，为此两人大吵一架，差一点就要分手。接着那个男人严厉地责备了她，并警告她永远不要再去打扰他的生活。

她问我她真的做错了吗，她不过是太挂念他，才会在那个思念泛滥成灾的夜晚，忍不住给他发了短信。

爱一个人有错吗？想他有错吗？没有，爱一个人从来不是你的错，只是在爱他的时候别忘了，你更要好好地爱自己。

他已经不爱你，其实你是知道的。他有了新的生活，那你更应该从过去的回忆里走出来，开始一段比和他在一起时更好的生活。

请一定要记住，你的人生没有他，照样可以过得很好。前提是你要爱自己，不要再折磨自己，不要再在夜晚疯狂地思念那个心里没有你的人，更不要被情绪操控，在情绪的怂恿下给他发短信了……

这个世上，从来没有谁是真的离不开谁的，除非是你自己不愿意从过去中走出来。

但我相信，总有一天，我们都会想明白的，我们不会再跟自己过不去，不会深陷过去的感情泥沼。我们一定会爬出来，也一定能学会怎样好好地爱自己！

祝你安好，当没有人爱你的时候，千万记得好好爱自己。

这才是讲诚意的分手

01

谈恋爱是要讲诚意的，我对你好一分，你至少也要回我半分。有来有往，爱才能延续下去。那些有去无回的情感付出，恋情长久不了。

同样，分手也要讲诚意。你不爱我没关系，请你直说，我能承受。但别把亲爹亲妈搬出来说是他们不同意，你才要和我分手。如果他们不同意我们在一起，你一点也不反抗就答应他们同我分手，不好意思，我除了可以断定你不爱我，还可以断定你不是个男人。

有位女生跟我聊天，她说准备和男朋友结婚了，男朋友带她回家见家长。

可见完家长，他们就分手了。原因是他爸妈不喜欢她。

女生还说，见面那天她挺重视的，一早起床开始打扮。可到了男朋友家，他妈妈竟然全程穿睡衣！

拜托，这是见你儿子未来的老婆，重视一下不行吗？就算不一定喜欢她，但穿着体面是对彼此最基本的尊重。

女生说，这些都算了，问题是，她搞不懂他爸妈怎么就不喜欢她了。整个见面过程，她保持礼貌，没有任何不得体的举动。

她问男朋友到底为什么，男朋友死活不说，只说他爸妈年纪大了，他不想违背爸妈的意愿，只能选择对不起她。

我问女生："见家长的时候，你们聊了什么？"

女生说，也没聊什么，就是他爸问她会不会做饭，她说会是会，但没时间做。

他爸又说："那如果有时间呢？"

她就说："有时间的话也可以点外卖，不一定要自己做，毕竟现在大家工作都挺忙的。"

除此以外，也没聊什么重要的事了。我和女生聊天的过程中，她一直在说想不通为什么和男朋友家长见完面，他们就分手了。

她没有太多失恋的痛苦，她只是想不通自己哪里不好，觉得整件事有点荒诞。见个面也没捅娄子，对方家长就把她给否认了。

她这样的心态算不错，她不会死去活来地缠着男朋友一直问："为什么你爸妈觉得我不好，你连争取都不争取？为什么你爸妈说不行，你也跟着说不行？你到底爱不爱我？你到底想不想跟我结婚？"

如果一个人真的想和你结婚，当他把你带回家，看见自己的亲妈竟然穿睡衣见你，哪怕是他非常尊重长辈，他也会感到抱歉。事后他一定会跟你说不好意思，解释一下他妈穿睡衣的行为。他会很在意你的感受，而不是完全不把这件事当回事。

然而在这位女生男朋友的眼里，他妈穿睡衣似乎是很正常的事。他没有觉得不妥，更没有觉得抱歉，只能说明他对这次会面，是真的不重视。

如果两个人相爱，爸妈不同意，按正常的逻辑，怎么都应该是男朋友和爸妈抗争一番。实在抗争不了，最后才决定分手。

可这位男生和女生分手说得痛痛快快，一点不拖泥带水，理由就是爸妈不同意。

你爸妈早干什么去了？非得等到女生都决定要嫁给你，你爸妈才出场？

与其说是爸妈不同意，不如让我大胆猜想一下，其实是男生本人不同意。

他其实不想结婚，但他不好意思做这个恶人，于是让爸妈来做，他就做孝子的人设。

其实生活中有太多这样的男生，他们懦弱、胆小，还很自私。他们不敢和女朋友直接说分手，就让长辈出面，让长辈替他们做爱情里的刽子手。

02

我身边就有这样的男生，他大二的时候和女朋友说一毕业就结婚。

女朋友问他：“要是你爸妈不喜欢我怎么办？”

男生满口说：“不会的，我喜欢的，我爸妈一定喜欢！”

结果毕业后，他反悔了。

他新认识了一个女生，两个人聊得火热，男生觉得自己内心那团火重新被点燃。可他的女朋友早就做好了结婚准备，一直和男朋友商量着先登记，酒席不办也没关系，她比较喜欢旅行结婚。

男生一直应和着，最后等到正式见了家长，男生说他爸妈给他下了最后通牒，必须分手，否则不认他这个儿子。

说好的你喜欢的，你爸妈一定喜欢呢？原来在一起这些年都是开玩笑……

我听说这事的时候，特意把他叫出来吃夜宵，狠狠骂了他一顿：“真不是人，自己不想结婚，为什么不直接跟女朋友说？把爸妈搬出来，就能把对女朋友的伤害降到最低程度吗？”

他当时叹了好几口气，跟我说：“是真的说不出口。”

他说可以想象到如果他直接说分手，他女朋友一定会追着他问原因。他总不能说自己移情别恋吧？想来想去，他觉得让爸妈出面最好。只要爸妈不同意，他能有什么办法。

这样的话，在女朋友眼里至少不是他不愿意，而是他实在不能违背父母的意愿。

我还是骂他“真不是人”，当晚一起喝酒的几位朋友，也都骂他“懦弱、自私”。

自己不敢说，还让爸妈背恶名，这是一个人最不成熟的表现。

在我眼里，表达爱不是太难的事。难的是，不爱了，也能做到第一时间告知对方。

爱是尊重，不爱也是尊重。

更何况是曾经爱过，而对方是直到现在还在爱着你的人。

唯有直说，才能让对方不再继续把时间浪费在你身上。而“直说”是要由你自己说，不要找任何人代替你表达或者代替你做那个恶人。否则，对真心爱你的人，真的不公平。

你不能只因为他长得帅就想嫁给他

01

如果以前你问我："找老公想找什么样的？"

我会告诉你："找帅的！找帅的！找帅的！"

现在你再问我："找老公想找什么样的？"

我会告诉你："找疼爱我的、有担当的、顾家的。"

年轻的时候，我以为人长得好看就能当饭吃；长大了以后才知道，长得好看确实能当饭吃。但那仅限胡歌、彭于晏这类人，他们除了长得好看以外，还很努力。他们努力生活，努力打磨演技，努力赚钱，努力让自己成为更好的人。

但生活中，我们遇到太多中看不中用的男生，让我们对仅有一张好皮囊的男生感到绝望。

比起漂亮的皮囊，我们开始更注重有趣优秀的灵魂。

02

我一个朋友，初恋就是她现在的男朋友，这辈子她就认准了他。

可是她男朋友对她一点都不好，对她不仅呼来喝去，而且好几次她去他家找他，明明他就在里面睡觉，就是磨磨蹭蹭，不想开门。好不容易他来开门了，一看是她，立刻又盖上被子，闷头睡觉。

到了饭点，只要他说一句饿了，我朋友就去给他做饭。家里脏了，只要他说一句好脏，我朋友立刻去给他收拾屋子。但她男朋友从来没有和她说过一句谢谢，自始至终就是一副当她是老妈子的样子。

好几次我朋友受了委屈，感到不开心，他都不会哄一下。如果朋友过了很久依然不开心，他就会不耐烦地说："还来劲儿了啊，有完没完了？"

是，我朋友承认她男朋友长得是很好看，可是这两年他们相处下来，她开始怀疑自己到底是要嫁给一个长得好看的男生，还是嫁给一个至少让她不会这么累的男生。

小的时候，我们容易因为一个人长得好看就动心。后来相处之后才明白，长得好看的人不一定适合我们。这类人有可能会仗着自己的高颜值欺负我们，认为无论他们怎么对我们，我们都不会离开他们。

恋爱结婚是一辈子的事，我们不能仅仅因为一个人长得好看就选择和他在一起。比起外表好看，两个人谈恋爱更重要的是，那个人是否懂得疼爱我们，珍惜我们。

03

我的另一个朋友当初也是被她男朋友的高颜值吸引住，她追了他一年，两个人才开始交往的，可他们交往了7年之后，朋友开始闹分手。

她跟我说她再也坚持不下去了。

7年前他们两个人还在读大学，她男朋友喜欢打游戏，她也从来不说什么。但7年后，她男朋友还是很爱打游戏，而且是那种不工作的打游戏。

她无数次劝男朋友出去找份工作，都被男朋友一句话回绝："我们家每年光收房租一年就能收到十几万元，还上什么班啊？每天打游戏的日子多快活！"

我朋友气到不行，她已经可以预见他们结婚以后的日子：当他们有了小孩以后，照顾小孩要做的所有事情都会要她一个人负责，而他只要玩着手机、打着游戏，一年就会有十几万元收入。

她为男朋友的安逸感到巨大的悲哀。

原来对生活毫无畏惧感的人才是最危险的，她男朋友就是最危险的人。

最后她得出结论："我男朋友除了长得好看一无是处，以前我以为自己捡到了大便宜，每天早上醒来都有那么好看的一张脸对着自己。现在醒来，我只想把他和他的手机踹下床。"

我们女孩子已经长大了，不是那个只要你有一张好看的脸，就能让我们花痴到失去自己的小女孩儿了。

我们开始明白生活是什么，我们开始面对无法避免的压力。

当我们开始成长而你还在原地踏步的时候，那对不起，我们只能分手了。

04

我的一个读者萌萌跟我倾诉，她老公当年是校草，她一直不知道自己走了什么运，能嫁给校草。

她结婚后才发现，嫁给一个只有好看皮囊的校草并没有什么可庆幸的，嫁给一个顾家的校草才值得庆幸。

结婚以后，她老公成天不着家，每天晚上都要去泡吧。难得她老公有一天在家休息，短信、微信的提示音就不停地响。

萌萌想知道都是哪些人给老公发消息，老公就理直气壮地问萌萌："还能不能有点信任感了？"就你这样的，怎么让人信任？

好几次她晚上都已经睡了，老公的手机就会突然响起，有朋友喊他出去吃夜宵，他二话不说，套上衣服就出门。

萌萌问他是男的还是女的，老公想都不用想就回答是男的。

还有几次萌萌一个人在家，突然跳闸停电了，萌萌不知道怎么弄，打电话给老公让老公回家，老公在外面玩嗨了，直接说："要不你先打车去你妈家？"

萌萌想哭却哭不出来，她再也不觉得自己是走了狗屎运了。她只觉得倒了大霉，觉得自己当初太傻，居然会因为嫁给校草沾沾自喜。

我还没和你生活在一起的时候，想不到生活是什么，以为你的那张很好看的脸就能成为我的精神支柱。一起生活后才发现，你好不好看都不重要了，重要的是你是否会在我需要你的时候立刻出现在我面前，重要的是你会很顾家，会知道家在哪里，你的人就该在哪里。

所以啊，女孩们，找老公永远不能把他的颜值条件放在最重要的位置。因为长得好看的男人未必能带给你幸福，只有爱你、有担当且顾家的男人才可靠。

当然啦，如果能遇到一个既爱你又能带给你幸福的，还长得超级帅的，那就验证了两个字——完美。

女人不爱你的时候才会这样做

01

阿楚喜欢看电影，可是她男朋友不喜欢，所以他就从来不陪阿楚看电影。阿楚因为这件事感到不开心，她只是想要男朋友陪她做一次她喜欢的事，可男朋友觉得阿楚太无聊。

有一次阿楚看上一个娃娃，黏着男朋友非要买，男朋友一口回绝，说自己没钱，可他明明当着阿楚的面，在微信上刚刚给别人发了几百元的红包。阿楚闹脾气的时候，男朋友反而觉得她不懂事、太幼稚，为了一个娃娃，至于闹得这么不开心吗？

其实阿楚不是非要男朋友送她多贵的东西，她只是想要收到男朋友的礼物，就好像那个礼物可以证明男朋友是爱她的一样。男朋友却很吝啬，连一个三十几元的娃娃都不买来送给她。

阿楚的男朋友很喜欢吃槟榔，阿楚要男朋友别吃了，因为吃槟榔对身体有很多危害。虽然她男朋友嘴上答应，可第二天还是继续吃。

阿楚很生气地想：“你不陪我看电影也就算了，你不愿意送我礼物也就算了，但为什么你连自己的身体都那么不在乎？明明前一天承诺得好好的，说自己一定戒，第二天还是照吃不误。”

02

我曾听人说，如果一个女人对你很依赖，经常要你陪着她，那她一定很爱你，因为她不爱你的样子一定是很独立的。如果一个女人经常管着你，冲你发脾气，说明她一定很在乎你，因为她不在乎你的样子是根本懒得搭理你。

如果有一天你发现，你的女人变了，从凡事斤斤计较到凡事都一声不吭，那不是说明她变乖或者脾气变好了，也不是她被你驯服了，而是她放弃你了。

后来的阿楚再也不在乎男朋友陪不陪她去看电影了，有新电影上映，她就拉上志同道合的朋友一起去看，朋友没时间的话她就自己去看。

后来她再也不要求男朋友送她礼物了，她不是买不起，她想要什么完全可以自己送给自己。

后来她也不管男朋友爱不爱吃槟榔，对身体有什么伤害了，他爱怎么样就怎么样吧，她不管了。

原来一个女人心灰意冷的时候，就是她不再爱你的时候。

没过多久，阿楚向男朋友提出了分手，男朋友还一脸茫然问她为什么，阿楚冷冷看着男朋友，不说话。男朋友却说阿楚变了，说她以前从来不会以这种冷冷的表情对他，说他更喜欢从前的阿楚。

明明是你教会我冷眼看你，现在你却开始怀念从前的我。

就像网上说的那样，男人就应该找那种不爱你的女人谈恋爱，她们永远不会吃醋、不会撒娇、不会黏着你，更不会管着你、冲你发脾气。你爱和谁一起玩就和谁一起玩，爱玩到几点就几点，爱喝多少酒抽多少烟都是你的事。她永远不会跟你吵架，永远给你自由。多好啊，除了不爱你这件事，这样的女人挑不出任何毛病。

我记得当时看见这段话的时候，很多人都点赞了，太扎心了不是吗？

真的只有当我不爱你的时候，我才会对你的所作所为感到无所谓。反正不爱你了，你好也好、坏也好，都跟我没半毛钱关系。

03

还记得曾经看过的一部电视剧，具体名字叫不上了，里面的一个情节是年过花甲的老爸对着女儿抱怨自己的另一半，说老太婆年纪大了，还是不忘唠唠叨叨，成天管着他。每天早上起来都和他说老头子衣服别又穿少了，叮嘱老头子走路慢一点，小心摔着了，还警告老头子少和隔壁新搬过来的那个老太婆聊天。

结果女儿听了嘿嘿一笑说：“爸，我妈管得还挺宽啊，你说你那么大年纪了，能不知道天气冷热要穿多少衣服吗？能不知道走路要悠着点吗？能不知道隔壁新搬过来的老太婆绝对撼动不了你跟我妈几十年来的感情吗？可要是哪天我妈不这么管你了，你怕是要不习惯了吧？”

老头儿也嘿嘿一笑，还真被女儿说对了，万一哪天老太婆不管他了，他还真的不习惯。

世上最好的爱就是，有你管着我，我也愿意被你管。虽然我嘴上偶尔还是会嫌弃你管得太多，但脸上洋溢的笑容遮不住，你的心意我都能感受到。

有人唠叨你是幸福，是关心你，就怕你忘了这忘了那的。

有人冲你撒娇，是甜蜜，是爱你，想要得到你的回应和关心。

有人冲你发脾气，是在乎你，是想引起你的重视。

最怕的是我在闹，你却以为我真的只是在闹，而看不见我对你的爱。

所以男人哪，珍惜那个偶尔会吃醋、撒娇、耍耍小脾气的女人吧。她那么做都是因为爱你啊，你看懂她了吗？

有些爱情你必须放弃

01

两个人在一起，当你发现始终只有你在努力维护这段感情的时候，就可以放弃了。

有人问我："为什么爱情不是靠努力就行的？为什么我那么努力，还是留不住他？"

爱情当然不是靠努力就行的，假如你爱他，他不爱你，那么无论你付出多少努力都是徒劳。如果他打定主意和你分开的话，那他就像脱缰的野马，你是怎么努力都追不上的。

你能做的，只有说服自己接受现实，赶快放弃他。

这马不是你的，不如放了它，从此它是死是活，过得好与不好都与你没有关系。

02

有个姑娘，她和男朋友在一起有一年半的时间，男朋友要跟她分手，姑娘不明白，为什么她做了那么多努力还是留不住男朋友。

姑娘的父母是不同意姑娘和这个男生在一起的，原因是男生比姑娘小一岁，还在念书，而姑娘已经准备工作了。

姑娘为了和男生在一起，想了很多办法。她希望通过自己的努力，能够让自己的父母接受男生，让父母明白他们之间的年龄差距不是问题，经济水平也不会成为他们之间的问题。

可是这个过程是很艰辛的，人们都说不被家长同意的爱情最叫人痛苦，等于没有受到最重要的家人的祝福。你想和一个人在一起，还得和家里做一番心理斗争。

如果男生和姑娘一起努力，向姑娘的父母证明他们两个人是真心相爱的，姑娘心里还能好受点，因为至少不是她一个人在为这段感情努力，问题是男生没有和姑娘一起努力，反而直接选择了放弃。

男生反复对姑娘说他们两个不合适，不如早点分开，他也不想耽误了姑娘。姑娘困惑，不停地问他到底为什么，为什么她这么努力在父母那边守护他们的爱情，男生却放手要走了。

说到底还是男生不够爱姑娘，他的爱太少了，以至于不愿意去和姑娘一起努力维护这段爱情。

最后他打定主意要和姑娘分开，姑娘再努力都是徒劳了。

03

爱是需要双方一起努力的，单方面的努力就像一双筷子少了其中一根，无论怎么样努力都夹不起那可口的饭菜。

我知道有很多朋友对待爱情特别认真，喜欢上一个人就认定了他，想和他过一辈子，不管对方提出什么，都会为了这段感情去努力。

还有的朋友，甚至愿意用尽洪荒之力去维护自己的感情。家人反对他就和家人抗争，朋友不支持他就和朋友翻脸，到最后把自己弄得很疲惫，身边的人也得罪光了，可最后还是和那个人分手了。

如果你不幸爱上一个不是那么爱你的人，不如尽早放弃，别再傻傻地用尽全身力气去为这段感情努力了，没有用的。

如果他不跟你一条心，你再用力守护这段感情，结果都是你输。别妄想他会被你的努力而感动、回头，不会的，因为他爱得太少，而你实在爱得太满。

喜欢你的人，生怕会错过你的每一条动态。

04

我看过一本很甜的书，里面一个桥段是这样的，男主F君和女主乔一冷战4年，一次都没联系。4年里，F君在英国留学，乔一在国内。乔一每天都登QQ，就只是为了等F君，希望F君能看见她在线，主动跟她聊天。

而F君呢，摩羯座男生天性孤傲、高冷，出国前由于乔一拒绝了他的表白，他一直在生乔一的气，可是生气归生气，在英国的每一天他都会看乔一的QQ空间。

乔一发布的每一篇日志，F君都会一字一句地读完。

有一回F君在乔一的日志里发现，乔一交了新男朋友，F君当时就抱着酒瓶去找同学喝了起来，也不管同学第二天是不是有考试，就是要人陪着他喝酒买醉。结果F君喝到去厕所狂吐，吐了半天不出来，坐在地上哭了。

当时我就感到很戳心。

05

我想很多人都有过乔一和F君这样的经历吧？

在微信还没有普及的时代，我们都在玩QQ，QQ有几个功能特别有趣：有在线功能，隐身功能，也有仅对谁在线功能。

想到我读高中的时候，心里也有一个特别喜欢的男生，我不好意思主动找他聊天，就会登录QQ，仅对他显示我在线。

我不需要别人看见我在线，我也不想跟别人聊天，我就想让他看见我在线，或许当他看见我在线的时候，他就会来找我聊天。

后来有了微信，有了朋友圈，朋友圈也有几个特别有趣的功能。我们在发朋友圈的时候可以选择仅对谁可见以及对哪些人不可见。

不知道你们是不是这样，有了喜欢的人以后，发朋友圈的频率都会比以往高好几倍？平时你可能一个星期才发一条朋友圈，可是有了喜欢的人以后，你一天就会发好几次朋友圈，不为别的，就为了在喜欢的人面前多出现几次，增加自己的存在感。

希望他看见后能给你点个赞、评论几句，或者干脆找你聊天。

06

有时候发朋友圈也是需要我们壮胆子的一件事情。

如果你喜欢一个人不敢告诉他，可以发一条朋友圈说："如果你也喜欢我，就给我点赞。"

如果你喜欢的人给你点赞了，你就会激动地找他说话，截图给他看，让他知道其实这条朋友圈仅对他一人可见。

如果他没有给你点赞，也没关系，至少他会以为你是发给所有人看的，不至于太尴尬。

我们就是这样，面对喜欢的人既胆小又向往，而QQ和朋友圈包容了我们。它们给我们一个试探的空间，也给了我们一个可以下的台阶。

我们不敢主动去找那个人聊天，只好通过对方的朋友圈、QQ空间来判断他在哪里，正在干什么，又是和谁在一起。

我们没有什么可以了解他正在做什么的途径了，只能从他的朋友圈和QQ空间里找蛛丝马迹。

我们每一天都会刷朋友圈，甚至直接点开那个人的头像看他有没有更新朋友圈。

07

想起来有一次我和海纯聊天，她一直暗恋一个男生，每天都会去看那个男生的朋友圈。男生如果没有新的动态，她就会翻他以前发的那些，虽然她已经看过无数遍了。

有一天，海纯发现男生的朋友圈变成了仅最近三天可见，而最近三天男生一条动态都没发过。她气死了好吗？打开男生的朋友圈，除了一条无情的灰色分界线以外就是空白。

海纯和我抱怨："朋友圈的新功能太不人道，暗恋一个人本来就够心酸的了，现在连对方的朋友圈都看不见了！"

曾经有人问我："小然，喜欢一个人究竟会变成什么样子啊？"

我说，喜欢一个人会变成的样子很多，但作为现代人，最明显的不外乎这两点：

喜欢你的人，生怕错过你的每一条动态。

喜欢你的人，生怕你不知道他正在线等着你。

第四章 最好的爱情是，一个有趣的人陪你一起『浪费人生』

原来合适的人，不是你拼命去追赶的人，而是在你累的时候，有人牵起你的手，陪你一起走过去的人。最好的爱情是，一个有趣的人陪你一起浪费人生。

你的格局有多大

01

和一个朋友聊天，最常听到她口中的两个字是格局。

什么是格局？简单来说，就是一个人的气度和胸怀。

你的气度和胸怀有多大，你就能容纳多大的事物，你所容纳的，就是你能拥有的。

如果一个人的心眼比针还小，那他能容纳的东西肯定很少。如果他这也接受不了，那也接受不了，试问这样的人，他还能获得什么？

我朋友有一个开淘宝店卖童装的朋友，年收入得有几百万。旁人一听，会说："不错啊，几百万一年，那这老板的日子过得一定很爽吧！"

其实不是的，这老板过得挺累的。他们公司总共才三四个人，从衣服的选样到拍摄，到照片处理，再到上新品，处理售前售后问题，还有打包发货等全部工作，老板都亲力亲为。就连财务工作，老板都舍不得请一个会计来做，由自己完成。

朋友喊他出来玩，他总是没时间。他是真的忙，不是推托。

朋友表示理解，毕竟事业很重要。但朋友也会质疑他的行为：“既然你一年能赚几百万，为什么不多招几个人，帮你分担一些工作呢？至少打包、发货等工作，都是可以由员工去做。这样你可以多点时间休息，思考更高层面的问题，比如，公司将来如何发展，要做哪些事，由什么人去做……”

一个人精力有限，如果精力都被琐事分摊掉，那他还有时间去考虑公司的发展吗？这就是他的格局问题了。

你不舍得花钱请人，是想省钱，可以理解，但其实请几个人，为你分担琐事，你会获得更多的休息时间。而这休息时间可以让你去感受生活的美好，足够的员工能为你带来更大的收益。

有一种支出不叫“支出”，它叫变相收益。格局大的人，可以领悟到其中的真谛；格局小的人，只会守着自己已经创造的财富，不会为自己赚到更多的财富。

也许有人会说：“人家一年能赚几百万就很厉害了，你自己赚不到那么多钱，就酸人家。”

但我们是就事论事，在这里，我说的是格局。

02

格局也不仅体现在赚钱方面，其实格局体现在我们生活的方方面面。如果一个人格局很小，可能就会过得不幸福。

我有一个闺密，心思非常敏感。敏感到什么程度？别人无意之间的一句话，她能想很久，把自己想到失眠。她经常伤心难过，为了很多已经过去的事。

对我来说，既成事实的事，唯一的意义就是总结曾经的错误，在未来学会避免。如果总是活在过去，就看不见未来。

我的这个闺密给自己制造了一个空间，这个空间非常狭小，放的全是过去那些让她想不通的事。她的眼睛、脑袋全活在过去，根本没时间看未来。这就是她的格局，自己一手打造出来的。

所以她过得不开心，不快乐。一个频频回头的人，她连脚下的路都看不清，怎么能看到未来的路呢？

一个人的格局太小，脚下的路是走不远的。

其实她也知道自己的问题，就是控制不住自己。我劝她：“既然知道自己的性格弱点，就要去试图扭转自己。”

读书的时候，老师教我们“扬长避短”，想让我们找到自己的优点，然后扩大优点，挖掘自己的缺点，努力改掉缺点。如果能做到，我们就能拥有更高的格局。

我相信每个人都是有潜力的。不管你现在在做什么，是不是仍然活得很焦虑。只要你能意识到问题，并让自己去改变，你的格局就会改变，不可能永远都是老样子。

李诞你们认识吗？一个脱口秀奇才，我挺喜欢他的。但他的那句“人间不值得”的言论，我不能接受。

我想说，人间怎么就不值得了？好好活着，即使暂时觉得痛苦，但通过努力可以为自己赢得快乐，不是挺好的吗？

我觉得人间挺值得的，未来更值得。

期待你跨出逆境，打破当下的格局。

超级想看见你强大起来的样子！

咱们击掌为誓！

做不了爱人，就做你最难忘的前任

01

如果你有一个很爱的人，可是后来你们分手了，你知道无法挽回他了，但你一定不希望他忘了你。就算后来他谈了很多女朋友，你也会希望你是他生命中最难忘的一个。

我和一个女性朋友很久没见了，她变得更加光彩夺目，在商场偶遇的时候，要不是她主动叫我，我都没把她认出来。

我还记得她刚失恋那会儿，十分憔悴，现在却焕然一新。我们在星巴克坐了一会儿。

我问她："一年没见，你经历了什么，变得越来越漂亮了？"

她笑着说："也没什么，就是赌一口气。"

我有点诧异：她当年分手有多难受我都知道，那时候我没少陪她喝酒，可如今她看起来像是完全走出来了，怎么还在赌一口气?

她说："我的确对阿本（她的前男友）已经没有念想了，也知道我们不可能了，但我就是不甘心，他身边来来往往那么多女生，哪一个有我漂亮？”

我问：“所以呢？”

她说：“所以我要变得越来越漂亮，比以前更漂亮，事业也得越做越出色。我们之间的圈子就这么小，我的事很容易传到他耳朵里，我要让他知道，我才是他众多前任中最拿得出手的一个。”

我一下子就懂得了她的心理，就是那种我清楚地知道我和你已经彻底分手，再也回不去了，我不会打扰你的生活，也不会在意你现在和谁谈恋爱，但我会希望，当你想起我的时候，不会觉得后悔爱过我。

我不是一个会让你不愿提起、让你觉得掉面子的前任，而是一个会让你感到非常荣幸曾与我相爱的前任。

02

和旧友吃夜宵的时候，正好大家说起初恋，好几个人都对初恋侃侃而谈，感到自豪，只有一位男生闭口不谈。

后来我知道，原来不是他不想谈，而是他的旧爱已经成了一个家喻户晓的破鞋，抢别人老公不说，还被正房找上门痛骂。

别人谈初恋，都说在一起的时候是多么美好，如今对方也过得挺好，于是回忆初恋成了一种情怀。

可是这个男生的初恋如今成了人人喊打的小三，被贴上各种不好的标签，而这些标签都不是人家乱贴的，都是事实。有这种难堪事的前任，他还能谈什么呢？他最希望的是大家能赶快跳过这个话题，聊点别的。

所以啊，做人要讲品行，不管男人还是女人，伤风败俗的事做多了，免不了传出去，等全世界都知道了，只会让曾经爱过他们的人觉得当初自己就是眼瞎了。

03

我不想做一个让你不愿提及的前任，不想做一个让你提起就反感的前任，更不想做一个让你深以为耻的前任。否则，就说明我过得十分糟糕，可我的人生为什么要过得糟糕呢？

假如有朋友和你聊起我，告诉你现在的我过得非常好，你心里或许会有一丝后悔：我的前任现在那么好，当初我居然没有好好珍惜……也许你会感到一丝骄傲：看吧，我爱过的女人就是优秀，不愧是被我爱过的女人。

但如果有朋友告诉你，现在的我过得非常糟糕，不仅糟糕，而且人品败坏，你还会为失去我感到一丝丝的后悔吗？

人都是自私的，都希望自己曾经爱过的人，会在分手后后悔当初离开自己。

只要前任为失去我们感到懊悔了，我们的心里就会感到高兴。这就是为什么我想要做你最难忘前任的理由。

不是因为我还爱你，还盼着和你再续前缘，只是想让你看看当初的你有多差劲，连这么好的我你都弄丢了。

后来我不想谈恋爱

01

我的一个女读者快被逼疯了，自从她大学毕业，每天被她妈催着去相亲，放假一回家，三姑六婆齐聚客厅，拿着很多的男生照片要她选。她们都告诉她："女孩子就要趁年轻，赶紧挑个好男人把自己嫁了。不然的话，等你年纪大了，好男人早被别人捡光了，谁还要你！"

她真的很烦这些人说的话，读书的时候不让她谈恋爱，毕业了又让她赶紧谈恋爱，可她目前根本不想谈恋爱。

其实不只是她，我身边还有好多女生朋友都不想谈恋爱，她们觉得没有人能照顾好她们。

02

我另一个女读者说："我以为两个人在一起就是1加1等于2，没想到是1加1等于负2。"

她每个月生理期的时候都会肚子疼，男朋友不在身边，痛苦她就自己一个人扛；可她男朋友在身边，痛苦她还是自己一个人扛。

她疼得躺在床上打滚，想要喝热水，可是她男朋友在一旁打游戏。她请他帮忙倒一杯红糖水，等了半小时还没等到，他一直说：“这盘马上就打好，打好我就给你倒。”可这全是骗人的，等他打完这一局，女生已经疼晕过去了。

还有一次，因为房东突然涨房租，她被逼得到处找房子，可是工作很忙，她无法请假去看房。正好那天她男朋友有空，她想让男朋友帮自己看房，结果男朋友说：“我今天跟别人约了打组队赛，你周末不能去看房吗？”

问题是她这个礼拜不搬走，房东就要把她赶出去。她只好跟老板请假，老板说请假可以，但这个月的奖金就没了。她辛辛苦苦工作一个月，就为了这一点儿奖金，如果她没有男朋友也就认了，可男朋友明明有时间，却不肯帮她这个忙，宁可把时间用在游戏上，她受不了，最后提出了分手。

她和我说：“和他在一起，我跟单身没什么两样，甚至还不如一个人的时候快乐，至少单身的时候我不会去找他帮忙，也就不会感受到他带给我的失望。”

03

我和一个朋友聊天的时候，她说谈恋爱太难了，她不黏着男朋友，男朋友就怀疑她不够爱他；后来她开始黏着男朋友了，男朋友又嫌她作。

两个人刚开始交往的时候，她没有到非常喜欢他的程度，所以对他的一举一动也不在乎。每次他出去玩，她从来不会打一个电话问他什么时候回家。后来男生对她说，其实他非常想要得到她的关心，每次出去玩的时候都会时不时看看手机，看有没有她的电话和短信，希望看见她紧张他的样子。

后来女生越来越在乎他，每次他出去玩，不到晚上10点，她就给他打电话说想他了，希望他早点回家，可是这个时候，他又开始嫌她管得太多，太黏人。

女生跟我说："谈恋爱太难了，不够喜欢一个人是错，很喜欢一个人也是错。"

04

想起我曾经的一个男朋友，有段时间我特别黏他，如果短信发过去他没有秒回我，我就会犯疑心病，会想：他在干什么，为什么不理我？在和别的女生聊天吗？

每次我告诉他我的担忧之处时，他都会说我是神经病，说我想太多。

后来我不紧张他了，我告诉自己要把时间花在更多有意义的事情上，比如不去想他，比如好好工作……后来忙碌起来的我真的不在乎他有没有秒回我消息了，我的世界又不是非得围着他转，反正他也没有很在乎我。

再后来，他给我发再多消息，我都不秒回了，直到有一次他发消息和我说：“你现在太独立了，独立到一点儿都不可爱了，独立到都不需要我了，我还是喜欢以前的你。”我秒回他一句：“我们回不去了，分手吧。”发完我就躲进被窝里笑出了声。

当我想要和你靠近的时候，你不需要我，后来我学会了一个人也可以过得很好，那么我也不再需要你。

为什么现在越来越多的女生不想谈恋爱了？其实不是不想谈，只是不想和那个照顾不好我们的男生谈恋爱。

其实我们是很想很想谈恋爱的，但如果那些男生都是以上这些类型的，恕我直言：低质量的恋爱远不如高质量的单身，我一个人也可以过得很好，我为什么要受你的气？

年龄差距有那么重要吗

有些女生遇到年龄比自己大很多的男人，心里喜欢他，家人却不同意他们在一起。有些女生遇到年龄比自己小的男人，心里喜欢他，又担心十几年后，对方会变心。有些女生遇到年龄和自己一样大的男人，又觉得他不成熟，想找个比自己年龄大的男人在一起。

在对象年龄这个问题上，女生往往很纠结。其实年龄不是最重要的，最重要的是两个人是否合适。

01

我老公的姐姐小波，当初谈恋爱的时候被爸妈极力反对。当年小波22岁，她男朋友34岁，比她整整大一轮。

小波的爸爸和她说："那个男人比你大那么多，你还是个12岁小姑娘的时候，他已经是24岁的青年小伙子了。他谈了多少恋爱你都不知道，不行，绝对不行，我不同意！"

小波的妈妈也说："他现在34岁你还感觉不出什么，等他50岁的时候，你才38岁，你就能明显感觉到你们之间的差距了，小波你再考虑一下好不好？”

可是小波执意要嫁，反驳父母说：“每天下班他都来接我，风雨无阻。如果遇到他加班的时候，他一定会打电话给我，让我千万打车回家，别走夜路。我生病的时候，你们都没那么着急，他就特别急，急得像个孩子似的立刻带我去医院，路上我都能看见他额头上因为紧张冒出的汗。平时我生气了，不管我有没有错，道歉的人永远是他。他对我的好，都融在日常的细节里。”

如果这样的人都不能成为对的那个人，那还有谁能成为？

最后小波嫁了，十几年过去，他们依然非常幸福，家里的大小事情全部揽在她老公身上，她老公不让小波操一点儿心。

只要疼你爱你，他年龄大算得了什么？

但也不是所有年龄大的人就一定靠谱，有些年龄大的男人还不如同龄人体贴。

02

我妈跟我爸结婚的时候，我外公也不同意，也是嫌我爸年龄大，比我妈大8岁。但我妈年轻的时候就喜欢年龄大的男人，觉得年龄大的人很成熟，会特别疼爱女人。可他们结婚以后，我妈才发觉完全不是那么回事儿。

我爸经常出去玩，整天不着家，连我妈怀孕的时候，都经常找不到我爸。

女人嘛，平时就需要男人陪伴的，何况是怀孕的时候。

那个时候我妈才明白，男人的年龄比女人大，真的未必就一定会疼爱女人多一些。如果这个男人本身就不懂得家的意义，不懂得怎么疼老婆，他哪怕活到50岁，也依然不知道怎么做个好老公。

03

我有一个朋友，她不喜欢年纪大的男人，只能接受同龄人或者年纪比她小的男人。

我问她："为什么？你最多能接受比你大几岁的男人？"

她说："最多只能大两岁，不能超过两岁。"

后来她遇到了一个比自己小两岁的男人，谈了一场异地恋。他们一个在杭州，一个在上海。每到周末，她都会去上海和男朋友团聚。

我说："你太迁就男朋友了吧？在一起半年，全是你去找他，也不见他来杭州找你一次。"

她没说话，可能不知道说什么，只是张了张嘴，把想说的话又咽了下去。于是她就一直往返杭州和上海，恋爱一年后，他们分手了。她在最后一次去上海的时候，发现男朋友劈腿了，劈腿了一个比她小很多很多的女生。

她哭着跟我说，他以前说过的喜欢比他自己大的女人，所以她就一直迁就他，对他好。想着自己比他大，在爱情里多让让他也没什么，只要他爱她，她就什么都可以迁就的。可是为什么最后，他还是选择了比他小那么多的女生？

傻瓜，在异地恋的时候，他就只让你一个人奔波，那就是不够爱你啊。

后来她又遇到一个男人，比她大4岁，追她追得很猛。起初她是拒绝人家的，毕竟她说过，最多只能接受比她大两岁的男人。

可是那个男人不放弃，终于有一次，在她发烧还在加班的晚上，他跑来她的公司，给她把药喂了，送了一份热腾腾的夜宵。

那一刻她觉得自己好像终于有被人照顾的感觉了，再也不用努力奔向谁。她变成了站在原地的那个人，等着另一个人来靠近自己。

后来他们结婚了，她不再坚持所谓的年龄恋爱说，因为爱情和婚姻是不关乎年龄的，关乎的是两个人在一起，是否爱得不累。

04

我一直很喜欢我的一个朋友，她离婚的事件在我们圈子里闹得沸沸扬扬，她和富商老公争女儿的抚养权，争得心力交瘁。

原本我以为她这辈子就这样了，嫁错过一个人，醒了，离婚了，后半生就带着孩子生活。她也有期待再遇到良人，但也不敢抱太大奢望。

可是后来她遇到了一个比她小9岁的男人！离过婚的女人，很怕再受伤，何况那个人比她小9岁。她不年轻了，在快40岁的年纪遇到一个30出头的年轻男人，想爱又害怕：他会嫌我老吗？当我老了，他还很年轻怎么办？会抛下我吗？

可她是幸运的，男人的不放弃，让她开始有勇气接受这段姐弟恋。如今他们已经结婚，幸福地生了两个宝宝。我们见面的时候，一如当初我第一次看见她那样，满脸都是笑容，好像从未经历过婚变。

不是因为他的年龄比我小，就幸福，而是因为他适合我，才幸福。

所以啊，面对爱情的时候，无论以后你遇到的人年龄比你大，还是比你小，都别太介怀。比你大的，未必能照顾好你；比你小的，也未必能让你幸福。

谈恋爱，年龄不是最重要的，最重要的是你们是否合适。

希望你早日找到那个适合你的人。

那个开保时捷的姑娘真酷啊

“年轻漂亮的姑娘开保时捷说明什么？”

“说明被人包养了呗。”

“不，说明你有偏见。”

01

有一天，我和小虎开车出去玩，一辆保时捷跑车开过，小虎说这车真不错，追上去看看。跟跑车齐平的时候，我一看驾驶的是个美女，香车配美人超赞的，结果小虎来了一句：“肯定是小三，被人包养了！”

我不高兴了，问：“为什么这么说？”小虎说：“她这么年轻漂亮，肯定是被人包养了，一般有钱老头都喜欢给情人买跑车。”这是我听过的对年轻姑娘的最大偏见。

为什么不能是姑娘聪明能干，年轻有为，靠自己的能力赚到第一桶金，买一辆跑车送给自己？

难道年轻姑娘开跑车就一定是被包养，才是符合逻辑的吗？

就好像人们看见一个姑娘有文身，就说她肯定是个女流氓；看见一个姑娘去酒吧玩，就说她肯定是一个随便的人；看见一个姑娘在抽烟，就说她肯定是不良少女，要远离她……

这都什么年代了，其实肮脏不是必须和这些有文身、去酒吧、抽烟的姑娘有关系的。

最肮脏的，从来都是世俗的偏见。

02

人们经常会通过直观感受去评价一个人，其实没有任何可靠的依据，就给人贴上标签。

知乎的一位用户有段话说：

“当年我上课迟到过，逃过课，喝过酒，抽过烟，可是我孝敬父母，捐过钱给穷人，当过志愿者，国旗下发过言，年年成绩是班级第一，乐于帮助朋友。你们说我是好女孩，还是坏女孩？

“我和几个朋友从文身店出来，炫耀着刚刚文上去的图案，抬头正好看见有个小偷偷车，我冲过去破口大骂，脏话脱口而出，结果小偷跑了。你们说我是好女孩，还是坏女孩？”

其实一个人会有很多方面，我们看见的只是某一面。

在不同人的眼中，你有一万种样子，不能通过任何一件小事就能看出你是一个怎样的人。

就好比看见年轻姑娘开跑车，就给人家贴上被包养的标签，这不是强盗逻辑吗？硬生生给别人扣上了一个有损名誉的帽子。

真正的友善，从来不是随意评价和判断。

我觉得真正有修养的人，从来都不会随意去评价别人，更不会在完全不了解的情况下，擅自判断一个人的好坏。

世界上很多事情都不是绝对的，老师眼里的坏学生，未必是同学眼中的讨厌鬼；你眼中开跑车的漂亮姑娘，更未必是自甘堕落、被人包养的小三儿……

不随意评价，是对这个世界最大的温柔，也是对别人最大的尊重。

做好自己，愿你被世界温柔相待。

永远记住，你是最贵的

01

很早我妈就跟我说：“以后谈恋爱，遇到喜欢的男人，不要太主动，要矜贵一些，等着男人来跟你表白示好，这样才更容易被珍惜。”

我一直记着我妈的话，也特别认同女人要活得矜贵一点儿。因为太廉价的东西，丢了也不可惜，而贵的东西，向来是被人捧在手心里认真呵护的。

但我认为，你遇到喜欢的人，不一定就非得等男的主动才会显得矜贵。打个比方，一位高贵的公主喜欢上一个平民男子，要求父皇钦点男子为驸马爷，那属于公主倒追吧，但是你们会因此觉得公主掉身价吗？

当然不会，因为公主本身是很尊贵的，人们只会觉得那个男子居然被公主喜欢上，是天大的荣幸啊！

一个女人如果已经做好了让自己看起来十分矜贵的功课后，当她遇见喜欢的人时，根本不需要纠结谁先主动。因为被一个矜贵的女人喜欢上，是那个男人的荣幸，他求之不得，肯定得小心翼翼地对待她。

看到这里肯定会有姑娘说：“又不是每个女人生来就是公主命，很多姑娘都出生在经济落后的地方，想做到矜贵谈何容易？”

没错，每个人生来所处的环境就大不相同，物质上我们无法迅速去改变，但骨子里那份矜贵是可以用心培养的。

02

怎么培养？从意识开始，女人就得有矜贵的意识，要注重自我培养。

你们看那些活得特别自信、走路带风的姑娘，为什么她们看起来那么耀眼，能够自带光芒？因为她们懂得如何培养自己。

有些女人每周都会去兴趣班，比如乐器班、甜点班、瑜伽班等，你说：“她们又不干那行，学什么乐器啊甜点啊，这不浪费时间吗？”

这就是女人之间的差距，观念的差距。学习那些额外的东西，不是为了从事那行，而是为了丰富自己的生活。

你学了那些，不仅学会了一些新东西，还交到了朋友，拓展了自己的交际圈，认识了不同层面的人，感受到来自不同层面人的生活。这是很宝贵的，你会因为自己学会了一件事而在无形之中增强自己的信心，而这份自信就是矜贵的一种表现形式。

你说一个男人如果知道这个女人还有很多爱好，如果他自己没有实力，敢和你搭话吗？敢和你搭话的男人，起码也得和你一般自信与优秀吧。

就像那句网上很有名的一句话：你想让别人为你买宝马车，首先你得自己买得起宝马车。

当然也不是每个人都有时间去上兴趣班的，我说的是一种注重自我培养的意识，有了那样的意识，你的生活自然会变得丰富。

看书、听音乐、看话剧、歌剧、欣赏画展等，都能够起到提高自我修养、充实自己生活的作用。

03

最后，我要和你们讲点技术层面上的事。咳咳，同学们注意了，敲黑板，画重点。

第一，姑娘你要记住，刚开始约会的时候，千万别急着让男人买单。

你要让男人知道，你不是付不起。如果男人给你一点蝇头小利，就能获得你的好感，那你的好感未免也太廉价了吧？

你要想让他知道你没那么好下手，就从拒绝默认让他请客开始，等你们真正确认恋爱关系的时候，再花他的钱也不迟。

第二，你可以不穿名牌衣服，但一定要穿舒适有质感的衣服。

有些姑娘穿衣服看着特别辣眼睛，什么稀奇古怪的衣服都往身上搭，不在乎衣服的舒适度，更不在乎衣服的质感。

其实一个女人外在形象特别重要，不是穿一身名牌衣服的人就一定矜贵，但如果穿的衣服都是些起球的，给人的感觉就不太好了。

你要记住，太廉价的东西丢了也不可惜，而贵的东西向来是被人捧在手心里呵护的。你要想被人捧在手心里呵护，就要提升自己的外在形象。

第三，不要因为寂寞而恋爱。

只有廉价的女人才会不甘寂寞，病急乱投医，随随便便谈场恋爱，在还不了解对方的情况下，就把自己托付出去。

女人越是这样，越容易遇到垃圾男人。谈恋爱这事不要急，你越急，遇到的人也会越糟糕。

永远记住，你不是一个廉价的女人，不是什么男人都有资格靠近你。

什么鸟配什么笼子，凤凰当然只有宫殿才能配得上它了。

你就是一只凤凰，别被普通的笼子占了便宜。

想要嫁得好，你要明白这三点

我们这一生，都将被爱情贯穿。遇到一个人，与之相爱、与之共度余生。

那个人是谁，最终的决定权在你手里，你的后半生幸福与否，也早在你选择的那一刻起便注定了。

想要余生幸福，就要嫁得好。想要嫁得好，你就得明白这三个道理。

01

你是谁，决定你能遇见谁。

两个人的相遇称为缘分，看似缘分，其实都是人为。这个人为并非刻意，其实是由你自身决定的。

桃子相貌平平，没有很大的智慧，出生在再普通不过的家庭，但桃子从小自命不凡，她比任何人都努力，不甘于做个普通老百姓给人打打工，她要自己当老板。

于是还在读大学的桃子，就走上了创业之路。在这个过程中她认识了不少大学期间就开始创业的男生，后来桃子和其中一个结婚了。

她觉得那个男生和自己一样，都有一股拼劲儿，都有一颗不甘给别人打工的心，于是两人决定联手奋斗。

后来桃子和她老公，两个人已经拥有了一家上市公司。

桃子说：“要是当初听我爸妈的，在大学安分读书，毕业之后考个公务员，那我就不能遇见现在的老公了，也就不会有这家上市公司，也就遇不到后来的很多在业内很厉害的朋友了。”

如果没有选择创业，桃子可能就会在公务员里面找一个男人嫁了，可能那个男人也很好，但那完全是另一种生活了。

每个人走的每一条路都是自己选的，每条路会有不同的风景。不同的人，走好路，会遇到比较多的好人；走歪路，会遇到比较多的乱七八糟的人。

然后，你身边的朋友就会像洗牌一样，一些人会离开，一些人会向你走来。因为物以类聚，人以群分。

你会遇到谁，其实都是自己选择的。

想要嫁得好，从一开始就要先做好自己。当你为自己选择了一条优秀的路，那么今后你在这条路上遇到的，也都会是优秀的人。

02

学会知足。

荷西和三毛有这样一段对话：

荷西问三毛："你想嫁个什么样的人？"

三毛说："看得顺眼的千万富翁也嫁，看不顺眼的亿万富翁也嫁。"

荷西说："说来说去，你还是想嫁个有钱的。"

三毛看了荷西一眼说："也有例外。"

"那你嫁给我呢？"荷西问道。

三毛叹了口气，说："要是你的话，只要够吃饭的钱就好。"

"那你吃得多吗？"荷西问。

"不多不多，以后还可以吃少点……"三毛说。

三毛爱荷西，不在乎荷西有多少钱，只要够吃饭就行，那是因为三毛知道，荷西会对她好。

想要嫁得好，就看这个男人能否对自己的女人好。人要学会知足，因为他的爱才是你最大的财富。

03

他得爱你。

有些女孩喜欢上一个人，就会认死理：无论那个男生做什么都是对的。甚至伤害她，他也是好人。

这样的女孩就是想嫁给一个自己喜欢的人，但那个人会不会对自己好，她管不了那么多。

具备这样任性性格的女孩，很难嫁得好。

你再喜欢一个人，他不喜欢你，就算你们在一起了，你也不会幸福。

现实的爱情和婚姻比不上那些美好的童话故事，人生只有一次，你想要嫁得好，就不能总是死脑筋。

姑娘，请把自己交给一个爱你的男人。

我不需要你成熟，我只希望你可爱

01

之前一个男读者跟我聊天，他和我说：“我老婆37岁的人了，可到现在还跟小孩子一样。”我问他：“那你觉得是好还是不好？”他发了一个笑脸，然后和我说：“当然好啊，我不喜欢太成熟的女人。”我又问：“那你喜欢幼稚的？”他回答说：“我喜欢对我幼稚的，如果在我面前她都表现得很成熟，我会觉得是不是自己太没用了，照顾不好她，所以她才逼不得已要成熟起来。”我笑着说：“那你们之间一定很幸福！”他说：“是的，我们从来没有红过脸，我都让着她、哄着她。”

这个男读者那天和我聊了好久，他真的是一个很有智慧的男人，尤其体现在处理夫妻感情的方面。

他的老婆其实很马虎，经常丢三落四的，有时候连钥匙和手机都会忘带。有的男人会觉得：这么大人了，就不能长点儿脑子吗？出门钥匙也会忘了带，手机也会忘了放在哪里？但他们忘了，谁都有不小心的时候，他们自己也会忘记带东西。

男读者说他老婆丢三落四也好，有小缺点也好，都是无足轻重的事情。如果因为那些事情去责备自己的老婆，很容易给彼此的感情带来消极影响。

有智慧的男人，从来不会因为鸡毛蒜皮的事情去怪自己的女人的。

男读者还和我说：“有时候，我在家休息，老婆出门上班了，她半路想到什么东西没拿又返回家，开门进来的时候还会不好意思地朝着我笑。其实她自己也知道自己的小毛病，她都这么可爱地笑了，我怎么忍心去责备她，要她以后长点记性呢？”

他还说他们结婚十几年，他老婆还总是忘这忘那的，也是他宠出来的。但他没觉得有什么不好，反而觉得挺有成就感的。他老婆没心没肺，每天开开心心的样子，说明他把老婆养得很好。

那些已经结婚十几年还依然像个孩子没心没肺的女人，她们的背后一定有特别宠爱她们的老公，让她们可以永远天真，永远像个孩子。

02

我见过很多对老婆各种要求的男人，他们总是要求自己的老婆独立、坚强、自主、成熟，最好什么事都能自己完成。

如果家里的电灯泡坏了，老婆让自己的老公去修，他们会说：“这种小事，千万别烦我，我都这么忙了，你怎么连这点小事都搞不定？你就不能自己爬个梯子上去修吗？”

她们当然可以了，很多女人就是在这种情况下变得越来越成熟和独立的。

时间长了，她们就适应了一个人睡觉，一个人吃饭，一个人看电视，一个人换电灯泡，一个人修堵了的下水道……

可是如果一个女人什么事都能自己完成，那她也不会再需要你。

03

我见过一个女强人，她在公司是独当一面的领导。可她回到家里之后，会换上居家服，从厨房端着水果盘出来，喂自己的老公吃水果。那个时候，她就是一个幸福的小女人，在她身上也看不见任何跟“强”字有关的东西。

她和我聊天的时候，她老公就在厨房准备晚餐。

她和她老公结婚两年了，但她只做过两次晚餐，一次是老公生日的时候，一次是他们结婚纪念日的时候。但她老公说，以后这几个日子也不用她做，她的手很好看，不希望她的手因为做饭、做家务变粗糙。如果他们两个人中一定要有一个人做这些事，就让他这个男人来。

再强的女人，遇到这样的男人，也会变得柔软。

谈恋爱的时候，我最烦听见男人说：“你就不能成熟一点吗？”听见这话我就很生气。

我当然知道一个人应该成熟，但我只想在你面前展现自己幼稚、可爱的一面不行吗？难道你不知道，女人天真的一面只会让自己最在乎的人看见吗？

很多时候，女人的成熟不过是一件保护自己的外衣。它能让我们在刀光剑影的社会中，少受伤害。

如果当我们回家的时候，家里有无条件疼爱我们的男人，我们就能脱下那层外衣，做个天真又可爱的女人。

愿你遇到一个，不需要你成熟，只希望你可爱的男人。

他会呵护你，像个勇士那样。

热脸贴冷屁股这种事，上了年纪就不要做了

01

热脸贴冷屁股这种事，上了年纪就不想做了，知道你不喜欢我的话，我做再多也是无用功，什么也改变不了。

我越热情，你越高冷，你并不会因为我的热情，而对我好一点儿。

年纪大了的人害怕在感情里折腾，追求的是平淡而真的感情。

我喜欢你的时候，如果正巧你也喜欢我，那么我们就在一起吧。倘若我喜欢你的时候，你正巧不那么喜欢我，那么也没关系，我不强求，更不会追着你，拼尽全力去触碰你。

那样太累了，那些风风火火追逐着一个人的青春一去不复返了。

02

记得十七八岁、喜欢一个人的时候，就算心里清楚他不喜欢你，还是会抱有极大的热情，盼望着他终有一天被你的热情和努力感动。

有事没事就给他发短信，发QQ消息。你发几十条，他可能才回复

你一两个字，当他回复你的时候，你开心得跳起来。

就因为这一两个字，你追他的热情便更大了，好像给了你更大的勇气去继续喜欢他。可是你知道，当时即使他不回复你，你也会继续喜欢他，不会放弃。

年轻的心永远充满热情，不怕苦，不怕累，不怕被折磨，就算知道会很受伤，就算知道热脸贴冷屁股有多难熬，还是义无反顾。

不仅因为你喜欢他呀，更是因为你还年轻呀，没有真正受过伤的灵魂，是不会轻易罢休的。

03

是到了一定的时候，经历过一次或数次失败的感情后才明白，一腔热血地去喜欢一个对你无感的人有多累。

我们已经耗不起那个精力了，一次又一次的失望，让我们愈加渴望一拍即合的感情。

我们能在一起就在一起，不能就算了。我也懒得眼巴巴看着你，像只可怜的小狗，在张望着等你赏赐点什么。

长大以后人也实际起来：

再也不会大冬天的早起为你做爱心便当，反正你也没有很喜欢我，也不会明白早起对我来说有多困难，但是为了你我都愿意的心意。

再也不会为了偶遇你，一大早等在你必经的路口，反正你也没有很喜欢我，更不会心疼我站在天都还没亮的路口吹寒风，吹到脸都痛了。

再也不会为了见你，刻意梳洗打扮，结果你连看都不看我一眼，就从我身边擦肩而过，留下一个远去的背影。反正你没有很喜欢我，你根本不懂我喜欢你，喜欢得有多辛苦。

大概和人累极了能快速入睡是一个道理，喜欢一个人喜欢到无力，最后也会累到放手。

再往后，记住了曾经吃过的苦头，就不会再那么义无反顾去喜欢谁了，除非那个人也正好喜欢我。

如果单身比结婚快乐，我为什么要结婚

01

当妹是我幼儿园同学，之前她还问我周围有没有适合她的男朋友，吵着让我给她介绍对象，一副想赶紧谈恋爱、结婚的样子。

可是两年后，她说自己想通了，没遇见喜欢的、合适的人，她就单身不结婚，不然结婚以后也是和对方过苦日子。

她的心态360度大转弯，是为什么呢？当妹在这期间谈了一段闪和、闪分的恋爱，失恋以后挺难受的。她是真的挺喜欢那个男生，但相处以后，也是真的觉得他们不合适。

彼此之间无法磨合，就会令喜欢变得艰难。就比如当妹希望结婚以后，两个人能一起努力打拼，过更优质的生活。可是那个男生却觉得，每个月拿个四五千元的工资已经很好了，他非常满意现状，不打算努力工作让生活变得更好。

当妹就觉得，如果只是他们两个人生活，你一个月挣四五千元，我一个月挣一万元，加起来还能过日子，可是以后有了孩子要怎么办？

孩子的吃穿、教育都需要花钱，做妈妈了总想给孩子最好的。如果两个人的钱加起来只够用来维持生活的基本开销，没有多余的钱享受生活，不是很难过吗？

什么旅行，利用业余时间报兴趣班，买漂亮衣服、好的护肤品，挑选有品质的床单等，都建立在有闲钱的基础上。如果只是安于现状，不一起为了将来奋斗，所有梦想中的生活都将成为泡沫。

即使当妹说了很多，男友还是无动于衷，他就觉得现状挺好的，还认为当妹想多了。当妹只好选择分手。

不是说她男友有多大的错，只不过他们两个人追求的生活不一样。两个人步调不一致的话，走路很容易被对方的脚绊倒。

大概就是这次恋爱，让当妹想通了。如果将就了，就没机会遇到更好的生活了。

所以单身没什么不好，不好的是那些随便将就的人。

02

我就见过三种最容易后悔的婚姻：

·父母逼婚。

很多大龄未婚女青年都不大敢回家，尤其过年的时候最怕碰到七大姑八大姨，被老妈逼婚不成，还要被所有亲戚轮流说一遍。

过完节以后，她们总会在朋友圈里弱弱地问一句：“大龄未嫁的你，被家人嫌弃了吗？”得到的答案都空前一致，几乎没有幸免的。

有的长辈甚至说：“周围差不多年龄的人都结婚了，就你还单着，赶紧随便找个人嫁了。”

随便找个人嫁了？去菜场买菜的时候还要挑挑拣拣，看看菜新不新鲜，碰到挑选人生伴侣这么严肃的事，居然可以轻描淡写地说随便找个人嫁了？

有的女生挡不住长辈的攻势，被逼着相亲，见了一个长相过得去，工作还不错的男人，长辈就说：“就这个吧，别挑了，再挑连这个都跑了。”

我的一个女性读者就遭遇了这种事，和相亲对象结婚以后，她发现老公是个巨婴，夫妻之间意见不合吵几句是很正常的，但他老公动不动就跟他妈打小报告，说自己的媳妇哪哪都不好，还让他妈来教训她。

还有一次，她转发了一篇题目名为《婆婆越位，老公缺位，女人苦》的文章到朋友圈，故事的开头说：“原本温馨和谐的小家庭，自从婆婆进驻后，逐渐变得鸡飞狗跳。婆婆一会儿嫌我不做饭，一会儿嫌我没拖地，却把削好的水果端到她躺在沙发玩游戏的儿子手边。”

老公的姑姑看见了这条朋友圈，立刻骂她，还直接留言说：“这种女人不是公主却有公主病，是男人的悲哀！”

她被骂的时候心都碎了，觉得自己连转一篇什么样的文章到朋友圈的自由都没有了？她真的特别特别后悔和那个男的结婚。

她跟我说早知道自己的婚姻是这样的，还不如单身，至少没人让她受这份气。

· 为逃避生活而结婚

我有一个女同学，她的父母在她小时候感情就不和，每天早上醒来她就听见爸妈吵架，从早吵到晚，什么事情都能吵，连关门声音太响两个人都能吵到拿着菜刀要劈了对方的程度。

父母吵架也就算了，还经常骂她，把气出在她身上，比方说，她妈被他爸打了，她妈就打她出气。

她从小就想离家出走，但能去哪里呢。后来她就希望赶紧长大，这样就能结婚，顺理成章地离开这个家。

她23岁的时候遇到一个男生，那个男生说要娶她。其实她不怎么喜欢那男的，但一想到只要结婚了就再也听不见爸妈吵架了，她就特别开心，所以没多久她就结婚了。

她以为结婚就能终结从前的痛苦，没想到是另一个痛苦的开始。尤其是当她在后来的日子里，遇到了一个她非常喜欢的男人。

可是那个时候她不仅结婚了，还怀孕了，她要怎么跟人家表白呢？表白了又能怎样呢？她选择埋葬那份感情，但一直以来都过得很痛苦。

她老公是非常老实的人，对她也还不错，只是两个人在精神上几乎零交流，一直相敬如宾，没有那种爱的感觉。

她倒宁愿老公有家暴之类的恶习，这样她就能理直气壮地提出离婚，但她老公真的挺好的，她怎么提呢？她怕伤了他，于是只能自己消化内心的痛苦。

某个深夜，她在微信上发消息给我说：“我做得最错的事情就是为了逃避爸妈无休止的争吵而结婚。”

我没有回复什么话语，不知道如何安慰她，只发了一个拥抱的表情给她，叫她早点睡。

我们永远都不会提前知道，当我们为了逃避当下的生活而随意选择开始另一种生活的时候，会让以后的我们有多么后悔。

· 奉子成婚

MM是个小城姑娘，和男朋友谈恋爱的时候，男朋友一直挺关心她的，MM也觉得自己非他不嫁了。

后来MM怀孕了，两人开开心心地回家跟爸妈说要结婚的事情。双方约了见面谈婚论嫁，本来女生爸爸是不同意的，但能怎么办呢？女儿有了孩子，又坚持要嫁男生，总不能叫她把孩子打了吧？

MM跟我说：“早知道那时候就把孩子打掉，真的后悔因为有了孩子就急忙结婚。”之前她根本没有好好了解过男朋友的家庭到底是怎样的，她只觉得男朋友挺关心她的，嫁过去以后才知道，男朋友的妈妈有多不讲理。

她怀孕的时候孕吐厉害，她婆婆就说她娇气，好不容易做一大桌子菜，吃了还全吐了，是不是嫌弃做得不好吃？

她一个小姑娘，不懂反击，心里憋屈，跟老公抱怨了几句，老公反而说：“你就让着点我妈吧，她就这脾气。再说了，你也确实过分了，我妈做菜挺好吃的，你才刚吃几口就吐，换了谁都受不了。”

MM当时连撞墙的心都有，孕吐这事谁忍得了？她不是故意要吐的，但你们全都不体谅她。

她努力忍住眼泪，有多努力，就有多后悔。后悔未婚先孕，后悔没先了解清楚对方的家庭就匆匆决定了自己的一生。

如果单身比结婚快乐，我为什么要结婚?

能够让我放弃单身这份快乐的，一定是因为我遇到的那个人，他不会在婚姻里让我受半分的委屈。

一辈子那么长，我是真的不想在委屈中度过。

你总会遇见一个人，心甘情愿为你戴上钻戒

01

在网上看见一个小故事，挺触动我的：化妆师快下班的时候，一个女生去她的店里化妆，化妆师给她打粉底的时候她就开始哭，眼泪一颗一颗地掉下来，没有声音的那种哭。这增加了化妆师化底妆的难度，眼妆就更不用说了。她们折腾了一个多小时才弄好，女生过来付钱的时候，化妆师发现她钱包里有一张大红色的请帖，也许她还爱着他，只是没机会了。

原来这个前来化妆的女孩，马上要去参加她最爱的那个男人的婚礼了。如果他没有结婚的话，她仍能抱有希望，但一收到请帖，她所有的期望都成了死灰。

从今往后，你我便真的成为陌路人了，爱情这根弦在我们之间是彻底断了。

02

如果我们的一生中，刚好只爱过一个人，又刚好只被那一个人爱，自然是极好的。可惜大多数人的一生，都会有不止一段感情出现，但总有一段感情叫作“爱而不得”。

我们会看着深爱的人渐渐远去，彼此从熟悉到陌生，从原本的拥有到不再属于彼此，从今往后他身边会有别人依傍，不管那个依傍着他的人是谁，也都不会再是你。

有多少人都和那个女孩一样，包里装着最爱的人送来的喜帖？

没法穿着婚纱和你走进礼堂已经是很残忍的事情了，却还要强颜欢笑地去参加你的婚礼，装作云淡风轻的样子，举杯祝你幸福。

最悲伤的是，我依然爱你，而你却要给别人幸福。

你看我在笑，可泪水在你看不见的地方排山倒海。

03

我知道，往往是得不到的感情最叫人念念不忘，所有人都一样，爱而不得这件事永远是他们心中一个无法填补的洞。

只是人总要学会往前看，没有人能永远停留在过去。你最爱的那个人不会留在过去继续爱你，他早已开始新的生活，有了新的交往对象，那么你也没有道理活在从前不愿意走出来了。

如果你想要沉迷悲伤，那就给自己一点时间，给自己一个只能伤心到这里的时间节点，过了这个时间，便不能再留恋任何与他有关的事情。

你要相信自己可以做到！

总有一天，当飞鸟穿过云层，阳光穿过树叶的缝隙的时候，你会在另一个人的脸上看见明媚的笑容，你会发觉，你已经对曾经那个你最爱的人释怀了。不知不觉中，你一个人也能过得很好，好到几乎忘了他，现在又有新的人出现，阳光下的他在看着你微笑，而且他比当初的那个人更加爱你。

总有一天会有一个人出现，心甘情愿地让你做他的新娘，为你戴上尺寸合适、只属于你的钻戒。

而那个曾经你自以为深爱的他，也不过是漫长人生里的一个插曲罢了。

往前看吧，人生数十载，谁还没点不愉快的感情经历呢？

这个时代，不适合太快爱上一个人

01

很多情侣或者结了婚的人，情感关系其实是非常薄弱的，生活有一点风吹草动，两个人就分道扬镳了，陌生得好似从不相识。

这种现象也很正常，毕竟现在的感情大多来得太容易，三两句晚安、四五句爱你就确定了恋爱关系。可是他们从未有过共患难的经历，也就不知道当危难来临的时候，彼此会以怎样的态度面对。是逃避一切？还是和爱人携手并进？前者自然是凄凉的，后者是叫人感动的。

我有时候会觉得，现世的爱情更像一场赌博，我们只是因为有点感觉就选择和那个人在一起，就像在赌桌上，我们只凭直觉就买大离小。只有骰子落定的那一刻，我们才知道结果。如果骰子的数字是大，我们就赢了；如果骰子的数字是小，我们就输了。这就好比困境到来时，如果我们的另一半愿意和我们共同进退，那便是我们爱对了人，也算赢了。如果我们的另一半选择弃我们而去，那便是我们爱错人了，就是输了。

赌博具有未知性，所以风险大。很多爱情也是如此，可现世安稳，哪来那么多苦难去考验两个人的感情。

有时候太过安稳的生活也叫人可惜，因为太安稳了，所以很难看清人心。

02

我看过一本小说，女主是个很有艺术天分的画家，谈了一段长久的恋爱，一直以来她都以为男友深爱她，男友向她一次次求婚，她多少心里被感动，可在一次意外事故发生时，女主才真正看穿男友的真面目。

那次事故使女主成了植物人，所有人都以为她成了植物人，其实不是，她的灵魂出窍，寄居在了一个智障儿童身上。

没有人会对一个智障儿童起戒备心，所有的成年人都对着一个心智不全的儿童说心事。他们把这个儿童当成了自己的树洞，既不怕自己的秘密被泄露，也可以使自己得到解脱。

在女主变成植物人后，女主的男友也对着儿童诉说了自己的心事。他告诉智障儿童，他和女主在一起不过是因为女主的钱，女主父亲过世时，留给了她丰厚的遗产，倘若他们两个人结婚，他未来的生活将有保障。

可他不知道，此刻智障儿童的身体里住着的正是自己那植物人女友的灵魂。女主听到这席话，才真正明白人心险恶的意思，世上竟然有人为了钱能隐藏那么深的城府，亏她一直以来认为自己的男友是个好人。

如果不是那次意外事故，女主怕是永远看不清男友的心。

虽说这只是一个故事，却发人深省。我们现在的社会又何尝不是这样，很多人在清晨戴着一张令人难以捉摸的面具，他们心里想的是什么，谁也不得而知。

想要与一人厮守终老，如若不经历些什么，便匆匆决定在一起，怕是赌得太大，一不小心，就将自己的一生搭进去。

03

想起我的两个朋友，这两个人的年龄差距大，当时女生只有二十岁出头，男人却有四十几岁，离过婚，还有孩子。当时两个人的感情受到家人阻拦，男人也没有信心爱一个比自己小那么多的女生，于是他们犹豫是否要让这段恋情延续下去。

一次意外让他们看清彼此的心，在他们一起出游的时候发生了地震，那时候，他们正在喝茶。当房屋剧烈晃动时，人群骚动，所有人都冲向窄窄的楼道，他们两人被人群强行分开。

男人在前面，女生被挤到了很远的后面，可男人没有选择自己逃跑，尽管人群一直把他往外推，他还是拼命往里边挤。

庆幸的是所有人都逃了出去，后来女生问男人：“当时情况这么危险，为什么你不自己逃跑？万一我们一起死在里面怎么办？”

男人说：“其实当时也来不及想死不死的，就是觉得那一刻，无论怎样都要和你在一起。”

后来他们再也不顾及什么年龄的差距，一起说服了女生的父母，证明他们确实惺惺相惜，并且顺利结婚。两人结婚以后，感情一直特别好，他们看对方的眼神永远是含情脉脉的。

可能经历过生死的感情关系会更牢靠，在看过人世间的慌乱后，更能沉淀下来去爱一个人。

我们这一代着实幸福，没有经历过兵荒马乱，因此我们也没有什么机会去体验生死相依的感觉。所以这个时代，不适合太快爱上一个人。

但无论在哪个时代，都会有属于那个时代的困难。当物质渐渐丰厚的时候，心灵的干涸便是我们的困难，如果这时有人能够滋润你干涸的心灵，或许他就是那个对的人。

所以别太快决定和一个人在一起，心灵的干涸不是一天两天能得到滋润的。不妨放慢脚步，让两个人一起走一段路，在这段路上会有笑容、有眼泪……如果你们相处愉快，并且在经历波折的时候还能并驾齐驱，再决定一起走一辈子也不迟。

为什么有的女生长相一般，却有很多男生喜欢

01

有一段时间我在广州出差，吃饭的时候听见隔壁桌的两个女生对话。

女生A说："你知道阿克恋爱了吗，他女朋友长得不怎么样，感觉配不上他。"

女生B说："他女朋友我见过，人挺好的。"

女生A继续说："真搞不懂，阿克怎么会喜欢那么普通的女孩，怎么也应该找个漂亮的，才能配得上他吧。"

女生B笑了，她说："虽然他女朋友算不上美女，但也没你说得那么丑。我见过她一次，对她印象挺好的，很大方，也不做作，和她说话感觉也很舒服，很好相处。"

女生A不说话了。

有些人可能是嫉妒，觉得你相貌也很普通，我也很普通，为什么长得好看的小哥哥选择的人是你，而不是我？

讲句大实话，男生也不傻，他之所以会喜欢那个长相一般的女生，那个女生一定有她的好。

就像女生B说的，她见过阿克女朋友一次，留下了非常好的印象。这说明什么？说明有些女生的好，不是靠相貌取胜，而是靠性格。

02

我以前采访过一个男生，他和恋爱了5年的女朋友分手了。曾经他很爱女朋友，但后来他很恨女朋友。

他女朋友很漂亮，是他们学校的校花，芭蕾舞跳得特别好。当时很多人觉得，他高攀了那个女生，甚至对他进行人身攻击，说他长得这么丑，凭什么是他。还有人说：“还不就是仗着家里有点钱，开着跑车来上学。要是没了他爹，我看哪个女生能看上他？”

男生给我看他的照片，很不自信地问我：“真的很丑吗？”

我说不丑啊，倒不是安慰他，我真的觉得不丑。虽然他微胖，五官却很端庄。当然不是彭于晏、杨洋这样级别的神颜，但放在人群里，你肯定不会觉得这个男生的颜值是差的。

相反，我觉得他是那种很可靠的男生，感觉他不是那种因为家里有钱就特别张扬的那种人。

他说那时候他真的特别喜欢他女朋友，把她当宝贝似的，别人说是他高攀，其实他自己也觉得。

他总是想不明白：怎么那么漂亮的女生能喜欢他？

我问他："你那么喜欢她，后来怎么就因爱生恨了呢？"

原来，从他们在一起的第二年开始，女朋友就有意无意地说他丑，说他配不上自己。

有一回他们吵架，男生哭了，他觉得自己特没骨气，就说："如果你真的觉得我配不上你，我们就分开吧。"

可女朋友的态度软了下来，说她以后会注意的。

他们和好以后，没过多久，女生还是老样子，经常用一种女王的姿态跟他说话，像"去，把我的鞋拿过来""别烦我，滚一边去""看什么看，再看打残你信不信？"等诸如此类的话。

这样都让男生怀疑：她到底爱不爱自己？他就这样，忍了5年，终于在忍无可忍的时候和女生提出了分手。

那一刻他看透了，以前他是很喜欢她，她长得好看，芭蕾舞又跳得好。

学校里还有很多男生暗恋她，他还为此自豪过，尽管很多人都因为嫉妒对他进行人身攻击。可是那都是别人的攻击，他无所谓，他承受不了的是女朋友也是如此。

他承认，以前他是贪图女朋友的美貌。

他也觉得，人确实会因为一个人长得好看，就很喜欢那个人。

这没有什么好疑问的，就像我确实是因为彭于晏长得帅，就很迷他、爱他。

但人也真的会因为彼此相处，而感受到那个人到底值不值得自己爱。

03

后来这个男生又恋爱了，女朋友没有前任长得好看，放在人群里也挺一般。但在他们的合照里，他笑得特别开心。

他说现在的女朋友特别好，心地特别善良，而且充分尊重他。他们两个人的相处方式是，不管做什么事，都会和对方商量一下或者告知对方。他觉得这种有商有量的感觉特别好。

他还得意地告诉我，其实现任也有很多人追。

所以漂亮的女孩很好，但也不代表长相普通的女孩就没人喜欢，没人追。

长得普通的人，打扮一下就能变美，但性格却很难改变。

为什么有的女生长相一般，却有很多男生喜欢？

还不都是因为她们自有她们的优点，而那些优点，足以取胜高颜值的女孩。

在该赚钱的年纪，别太快依赖爱情

01

每个女生都想被人宠爱，被人关怀，被人保护，躲在男生的臂弯里什么都不用操心，发生再大的事也不用害怕，只要有他在，就能安心做一个恬静快乐的小公主。

这种愿望，很美好，叫人向往，可凡是太好的东西，都不大真实。现实中，我们很难找到这样一个男人来爱护我们。

亦舒的一部小说《直至海枯石烂》里，女主庄杏友在二十出头的年纪遇到周星祥，杏友父亲离世，世上只剩她一人。周星祥替她操办丧事，带她去各国游玩，帮她忘却心事，杏友仿佛找到可以依靠的臂弯，深深地陷入爱情之中，星祥承诺会照顾她一生一世，说自己要回家同父母说要娶杏友为妻。

可是星祥一走就再没有回来，家人不同意他娶杏友，他不过是一个学生，经济来源全靠家里支撑，他没有勇气放弃万贯家财为了一个女人吃苦头，他选择和父母安排的一个门当户对的女人结婚，过他逍遥的日子。

而杏友呢？那时的杏友已经怀孕，什么都没有的她在苦苦等着星祥来接她，可她等来的却是周家人的嘲讽和欺侮。周星祥的姐姐先去看她，说她是狐狸精，再后来是星祥的母亲去看她，也不待见杏友，叫她无论如何都要对星祥死心。

那时候，杏友才知道世上谁都靠不住，唯有自己努力活下去才能获得尊严。

杏友一生过得不幸，虽然后来功成名就，成为闻名海外的设计师，但她过得不快乐就是因为最初的这一段感情。

人生可以走错路，但有些路走错了，就是一辈子的事。如果一切可以重来，我想杏友一定会选择立一番事业，而非在年轻的时候选择憧憬爱情并深深地相信一个男人可以让她完全依赖。

可能他没有你想象得那么强大，他拥有的也未必是靠自己获取的。唯有当你自己能够自给自足时谈爱情，你才可以不被爱情可能带来的伤害摧毁。

02

记得之前和一个女生聊天，她说自己想去学美妆，这个行业有发展前景，以后可以自己赚钱，但遭到男友反对。男友因为这件事闹脾气，希望她待在家里，不喜欢她出去做任何事，怕她出去受委屈。

女生不知道怎么办了来问我："小然，我到底该听谁的，听男友的，还是听自己的？"

我支持她出去做事，在这个世上，凡事都不确定，我们能确定的唯有自己。即使男友现在承诺照顾你一辈子，给你丰厚的生活费，但谁能保证他说的话会永远不变？人的一生太漫长，发生改变的可能性太大。

如果将来有一天他不再爱你，而那时的你年纪大了，错过了最佳学习阶段，长时间待在家里的你已和社会脱节，那么你既会失去他，也会失去独立赚钱的能力。彼时你再哭，又指望谁来同情你？指望他？他早离开你了。

那么多前车之鉴，不能让它们白白失去参考的价值。

姑娘们要明白，在该赚钱的年纪，别太快依赖爱情。

03

我一直都很鼓励现代女性做自己人生的主人，清楚自己要什么，追求什么样的生活，渴望一段怎样的感情，当清楚这一切之后，只要一鼓作气朝那个方向努力前进就好。

爱情来得太早未必是好的，在爱情还没来的时候，你也别太着急，多花些心思在工作上，多赚点钱，才不至于在爱情来的时候，因为男人的一点小恩小惠就被收买，影响自己对他的判断。

有多少姑娘，因为自身经济能力薄弱，当男人在经济上稍稍给予一点资助就陷进一段感情，其实他到底好不好？你根本还不清楚。

有些男人不过就是仗着给你的几个臭钱，占有你的身心，还不珍惜你。而你如果没有反抗的能力，只能任凭他欺侮你。但你一早独立自主，能赚钱养活自己，何必受这种苦，受这种气？

亲爱的，从现在开始，好好想想自己想过什么样的生活，想要一段怎么样的爱情，然后好好努力。

当你赚到钱了，生活水平提升了，爱情来的时候你才不会是被动的那一方，你才能有最大的底气去选择想要谁，不想要谁。

那个时候就不是别人来挑你了，而是你挑别人。